二条玲
【にじょう・あきら】
クラスの目立たない、ぼっち JK……だったはずが、母が石油王と結婚!?
憧れの先輩、玄次郎の旧家を購入して同居しながらお嬢様を教えてもらうことに
お嬢様（じつは庶民）、
俺の家に転がり込む

（あっ、これ私が知ってる、休みの日のゲームじゃない……!?）
上流階級における休日のゲーム

これも、いっしょにやってみます？
雑賀玄次郎
【さいが・げんじろう】
大企業・雑賀グループの御曹司だったが、会社の倒産により、すべてを失う。しかし、「位高ければ徳高きを要す」の精神は忘れない
一般庶民と休日のゲーム

ど、どっちの服も可愛くて……
選べない……！
服を選んでもらって……

アラム咲耶
【あらむ・さくや】
玲の義理の姉になった女子。同年代ということもあり、玲の世話役に。義妹のことが可愛くてしかたない
ほらっ、こちらの方が似合う
わたくしの見立てが正しかったのです！
くっ……これはたしかに、
あたしが見誤っていたわ……
霧山薫子
【きりやま・かおるこ】
大地主の娘で、玄次郎の幼馴染。許嫁の約束を破談にしてしまっているが、いまでも未練タラタラ。玲をライバル視するが、彼女に絆されて……

「お料理なら任せてください！　数少ない特技なんです！」

玲は帰ってくるなり、やっと自分が役に立てると息巻いた。

しかし待ったをかけたのが玄次郎である。

「二条が働くなんて駄目だ。君はこの家の主であって、
客人なんだからな。そういう仕事は俺がやるべきだ」

「で、でも！　雑賀先輩がそんな……」

「大丈夫だ。凝った料理でなければなんとかなる。

今はまだレパートリーも少ないが、これから増やせるように努力する」

「そうじゃなくてぇ……」

玄次郎は良かれと思ってのことだったが、
自分の唯一の晴れ舞台を横取りされてしまう玲だった。

「いいではないですか玲。玄次郎さまに任せましょう」

ゆったりくつろぎながら咲耶が言った。

「それにお嬢様たる者、庶民のために働く必要などありません」

そしてジロリと玄次郎を睨む。玲の尊敬が自分ではなく彼に向いて
しまっていることが、どうしても癪に障ってしまう困った義姉だった。

「その通りだ。楽にしていてくれ」

「くっ……」

しかし玄次郎にあっさりと嫌味をスルーされ、
歯噛みしてしまうのは咲耶の方だった。

「そ、そっか。お嬢様になるならこういう時に、
デンッて構えてなきゃだよね……」

こういう時にお嬢様ならばどうするべきか――マンガやドラマに
出てくるお嬢様キャラを記憶から引っ張り出す。

「……よし」

やがて小さく頷くと、
おもむろにリビングにある一番大きなソファーに腰掛け、
脚を組んで胸を反らし、髪をかき上げた。

なんか様になってるかも――慣れない仕草ながらも、
玲はどこか興奮を覚えた。これまでとは違う自分になれた気がした。

かつての玲ならこんな仕草は絶対にしない。

特に誰かの目があるところでなんてありえないだろう。

しかし今は玄次郎も咲耶もなにも言わず、
彼女のやりたいようにやらせてくれていた。

ぼっちで陰キャな自分を変えられるんだと玲は胸を高鳴らせた。

＜●●●●だったものの……結局

お口に合わないかもですが……
あーん……なんちゃって。

位高ければ徳高きを要す

常に先頭に立ち、他者を労い慈しみ

たとえすべてを失っても、前向きに行動し、

互いに競い合う相手がいれば、互いに高め合う

終わりのない努力

noblesse oblige

ノブレス・オブリージュ

お嬢様(じつは庶民)、俺の家に転がり込む

八奈川景晶

ファンタジア文庫

3315

口絵・本文イラスト　さまてる

目次

序章・とある御曹司の最後の一日

雑賀《さいか》グループ――主に資源採掘と建設業で名を馳《は》せる大企業である。

創業者の雑賀治五郎《じごろう》は卓越した慧眼《けいがん》を持ち、その辣腕を振るい、たった一代で巨万の富と名声を築き上げた。

その経営手腕は過激かつ大胆にして繊細と称賛された。

目の前の損得に左右されず、五年十年の将来を見据えて判断を下せる人物だった。

外野からは成功しないと見放された事業でも、彼が関わればいつの間にか軌道に乗り、やがてはグループに利益を還元するようになった。

経営者として誰からも惜しみない称賛と羨望《せんぼう》を集めた治五郎は、しかし決して驕《おご》ることはなかった。

常に誠実に。常に謙虚に。常に正直に。

ともすれば悪行不徳が横行する財界にあって、清廉潔白な彼の姿勢はむしろ異様ですらあった。

だが、そんな彼の姿に瞳を輝かせる少年がいた。

気高い彼の眼差《まなざ》しに感動を覚えた少年は、やがては自分もそうありたいと憧れた。

彼のようになろうと努力し、自らを律する心を育てていった。

そうして十数年が経《た》った。


―・―・―・―・―・―・―・―・―・―


「行ってらっしゃいませ、玄次郎《げんじろう》さま」

「ありがとう。行ってくる」

朝、丁寧に腰を折ってお辞儀をするメイドに見送られて雑賀玄次郎は洋風の屋敷を出た。

季節は春、高校二年生の新学期初日である。

雑賀グループの御曹司である玄次郎は、しかし警護や供の者を連れてはいない。彼が不要だと断ったのである。

高校入学当初は『なにかあっては危険だから車で送り迎えを』と主張していた執事も今では玄次郎の意向に沿ってくれていた。

「車で学校に乗り付けたりしたら変なトラブルを招くからな」

学校とは教育を受ける場ではなく、人脈を育む場所だというのが玄次郎の持論だった。何百人という生徒が同じ建屋の中ですごすのである。大人になって社会の中に出て行っても、これほどの人数と接するチャンスは滅多にない。

ならばできるだけ自分を知ってもらいたいし、自分もできるだけみんなのことを知りたい。そのためには『金持ちが車で登校してきた』なんて特別視されるのは困るのである。

「さて、新学期か……」

去年までの三年生がいなくなって寂しさを感じる一方で、新しい一年生の入学が楽しみでもある。

今年はどんな友達に出会えるだろうか——玄次郎は軽い足取りで学校へ急いだ。

玄次郎が通う桜峰《さくらみね》高校はそこそこ偏差値の高い進学校である。

その正門をくぐると、校名の由来ともなった桜の木々が道の両脇を埋め尽くしている。この時季には舞い散る桜色の花吹雪が、登校してくる生徒たちの新しい一年を祝うのである。

玄次郎は行き交う誰も彼もと挨拶を交わした。去年のうちに同級生と上級生は顔と名前を把握済みだ。

声をかけられた誰もが、相手が玄次郎だと分かると気さくに挨拶を返してきた。

男女問わず、社交的か人見知りか問わず。玄次郎から積極的に話しかけていって、大なり小なり雑賀玄次郎という存在を認識してもらっていた。

玄次郎は自分のクラスを確認し、新しい教室で新しいクラスメイトと顔を合わせた。

「おっす雑賀！」

「やった！　雑賀くんと同じクラスだ！」

「今年もよろしくな！」

男子も女子もいたって自然に玄次郎に接してきた。

彼が雑賀グループの御曹司だと知っている者はここにはいない。実家がちょっと裕福だという程度の認識だ。

生徒に限らず大部分の教師も知らされていなかった。彼の正体を知っているのは校長先生と——それからとある生徒一人だけである。

まさか同じ学校に通う高校生の一人が名だたる大企業の跡取り息子とは、ほとんどの生徒教師が夢にも思わないだろう。玄次郎の振る舞いがお金持ちっぽくないのだからなおさらである。

「おはよう。早速だけど、偵察に行ってくる」

「偵察って……まさか一年生か？」

「もちろん」

登校して早くも行動を起こそうとする玄次郎にクラスメイトたちが舌を巻く。

「す、すごいね……」

「去年入学した時もそうだったよな。いきなり二年生と三年生の教室に行ってたし」

「恐《こわ》いもの知らずっていうか、なんというか……」

そんな同級生たちを尻目に、玄次郎は一年生の教室へ向かった。


もちろん、いきなりやってきた上級生の玄次郎は一年生みんなから警戒された。

しかし入学直後の一年生なんてみんな他人同士みたいなものである。自分を恐がるのも同じようなものだろうと玄次郎は臆することもない。

（全員の顔と名前を一致させるのも一苦労だな）

廊下を行き交う少年たち、教室の中で初めて同士でぎこちない会話を交わす少女たちを眺めながら、玄次郎は視線を巡らせた。

そこでふと、一人の少女に目が留まった。廊下の向こう、職員室のところだ。

クリアファイルを手に持ち、反対の手で職員室の扉に手をかけて、手を放してを繰り返している。

誰かになにか尋ねたそうにしているが、新入生だけあって勇気が出せずに俯《うつむ》いてしまっていた。

これを見逃す玄次郎ではなかった。

「手伝うことはあるかい？」

恐がらせないように声をかけながら近づく。

一瞬だけビクッとした少女が玄次郎の方を振り向いた。

見るからに大人しくて物静かそうな少女だった。綺麗《きれい》というよりは可愛《かわい》いという言葉が先に思い浮かんだ。

顔のパーツもすべてが愛らしかった。形の良《い》い眉にくりっとした瞳、整った鼻筋を下ると桜色の唇が瑞々《みずみず》しさを映し、ふわっとした黒髪がよく似合う。

ただ残念なのは、前髪で目元が隠れがちだったことだ。これがなければもっと美人に見えるだろうに――初対面ながらそんなお節介なことを考えてしまう玄次郎だった。

「え、えっと、その……」

「俺は雑賀という。二年生だ。さっきから困っているように見えたので声をかけた」

「あ、はい。に、二条《にじょう》と、いいます……」

名乗った玄次郎に、ぺこりとお辞儀しながら名乗り返してきた。

「その、担任の先生に提出しなきゃいけない、書類があって……。でも、その、いきなり入ってもいいのかなって……」

「入学して早々とは珍しいな。入学前に出すはずだった書類か……。いや、すまない。俺が詮索することじゃなかったな」

初対面の相手に立ち入った話をするべきではないと玄次郎は身を引いた。

「遠慮せず入って構わない。職員室に生徒が入るのに遠慮は不要だ。担任の名前は？」

「えっと……稲葉山《いなばやま》先生です」

それを聞いた玄次郎はドアを軽くノックして職員室に立ち入った。

「稲葉山先生、一年生が用事とのことです」

そして少女を招き入れた。

「あ、あの！　一年の二条です！」

勇気を振り絞って声を出した少女は担任の先生に近づき、二つ三つ言葉を交わしてクリアファイルを手渡した。

「しっ、失礼しました！」

これでもかというくらい深々とお辞儀をして少女が職員室を後にする。

その様子を見守っていた玄次郎は、用は済んだと回れ右して立ち去る。

「あの！」

その背中に少女が声をかけた。

「あ、ありがとう……ございました！」

これまた丁寧なお辞儀だった。

玄次郎は思わず頬が緩みそうになった。

ありがとう——何度言われても嬉《うれ》しくなってしまう言葉だ。

これを言われたいからいろいろ頑張れるのかもしれない——なんともチョロい自分自身に玄次郎は苦笑した。

「こちらこそ。それから……入学おめでとう」

新学期初日ということもあり、授業もなく午前中で下校となった。

玄次郎は今朝と同じ通学路で屋敷へ戻る。

しかしいざ屋敷が見えてくると、その様子が今朝と違っていた。何台もの車と人だかりが門のところに集まっていた。

空にもヘリコプターが数機、屋敷を旋回しているように見えた。

何事か――不安に思った玄次郎の足が止まる。雑賀《さいか》グループならまだしも、雑賀の屋敷が注目を浴びる理由などない。

まさか雑賀グループになにか問題が――玄次郎は急いでスマートフォンを取り出した。

ネットで雑賀のことを検索しようとして、止《や》めた。

調べるまでもなく、ニュースサイトのトップページにその記事があった。

『雑賀グループ、多額損失の責任を取って社長辞任へ』

一章・とある庶民の最後の一日

二条玲《あきら》は困り果てていた。

高校に通い始めて一週間が経《た》とうとしているのに、まだ友達ができない。すでに周囲では仲の良い女子グループができあがりつつある。このままでは取り残される未来しかない。

自宅のアパートに戻ってきた玲は机に突っ伏しながら悶《もだ》える。

「うぅ……でもでもぉ……」

人見知りの玲にとって、初対面の相手に声をかけるというのは想像を絶するハードルだった。ちゃんと相手の顔を見られないし、気に障《さわ》ることを言ってしまわないかと恐くてどうしようもないのだ。

だからなんとなく『あっちから声をかけてくれないかなー？』みたいな淡い期待を抱いて待ちに徹してしまって、気がつけばぼっちだった。

「はうあぁ……。どうやったらちゃんとお話しできるようになるんだろう……」

石のように重いため息をもらした玲の脳裏に、入学初日の一コマが蘇《よみがえ》った。

職員室の前で右往左往して、誰にも助けを求めることができなかった自分に、初対面の上級生が当然のように声をかけてくれた。

自分とは正反対の彼が羨ましくて仕方なかった。

「雑賀先輩っていうんだよね……」

まだ一週間の高校生活なのに彼の話題はどこにいても耳に届いた。

行動力の化け物で社交性の塊でフレンドリーの擬人化——雑賀玄次郎《げんじろう》という二年生の評判はそれで固まっていた。

この一週間、何度か彼の姿を見かけたことがあったが、いつだって彼の周囲は賑《にぎ》やかだった。

入学式の日に感じた眩《まぶ》しいまでのオーラは、いつだって眩しいままだった。

みんなが彼を知っていて、彼を頼りにしている。それでいて嫉妬じみた悪い噂《うわさ》もまったく聞かない。そんなことは玲にとって夢のまた夢だった。

自分が周囲にどのように見られているか気になって、心配になって、不安になる——そうして気付けば誰とも距離を置いてしまうのが二条玲という少女だった。

「せっかく勉強を頑張って入学したのになぁ……。お母さんにも苦労をかけちゃったから、こんな最初でつまずいてちゃいけないのに……」

本来の彼女の学力では厳しいレベルだったし、進学校ということもあって、必要な学費も周囲の学校に比べれば割高だ。

そして二条家は母子家庭だった。玲の父は彼女が生まれて間もなく蒸発してしまっていて、祖父母の助けを借りながらも母が独りでここまで玲を育ててきた。

決して受験が楽なわけでもない。お金の面でも親に負担をかけてしまう——それでも、鈍色《にびいろ》の中学生時代から抜け出したくて、玲は桜峰《さくらみね》高校を志望した。

そんな娘の願いを母は笑顔で受け入れ、その母の優しさに応えるために娘は努力を積み重ねた。

そうして勝ち取った合格通知だったはずなのに——

「………晩ご飯の用意しなきゃ」

母が働いている二条家では家事の多くは玲が引き受けていた。母からは『もっと遊んでもいいのよ?』と遠慮されたのだが、自分のために頑張って働いてもらっていると思うと、このくらいは当然の分担だった。

「ご飯を炊いて、お魚に下味をつけて……。お野菜はどれを使おうかな」

そんなことを呟《つぶや》きながら台所でエプロンを着けている時だった。

玄関の鍵が開く音が聞こえてきた。

「あれ？　まだパートの時間のはずだけど……」

事前に聞いていた帰宅時間よりずっと早かった。

勤め先でなにかトラブルでもあったのだろうか――なんとなく不安に思っていると、母の瀧奈《たきな》がリビングに姿を見せた。

「…………お母さん？」

おかえりなさいと言うよりも早く、玲は母の異変に気がついた。

どこか熱に浮かされたようにぽーっとしていて、足取りもおぼつかない。心ここにあらずといった様子で、視線では玲を捉えているのに焦点が合っていなかった。

「お母さん？　どうしたの？」

相変わらずぽわっとした面持ちで瀧奈が言った。

「玲……アラムさんのこと、覚えてる？」

唐突な問いかけにキョトンとした玲だったが、その名前には聞き覚えがあった。

「確か、お母さんのパート先によく来る、外国人のお客さんだよね？」

近所のご婦人がメインの客層であるスーパーゆえ、異国のお客さんというのは珍しい。

玲と瀧奈の会話の中で話題となったことも何度かあった。

「ええ……うちのスーパーをご贔屓《ひいき》にしてくれてる方で、日本語もペラペラよ。よく声をかけてくれて、他愛ないおしゃべりなんかしていたのだけど……」

「……だけど？」

いまいち要領を得ない母を不思議に思いつつ玲が先を促す。

「アラムさんにね……プロポーズされちゃった」

「プロポーズ⁉」

まさかの単語に玲は飛び上がった。しかしはたと冷静になって心を落ち着ける。

「……それ、からかわれてるんじゃないの？」

瀧奈が働いているのはごくごく普通のスーパーである。決してドラマティックな出会いがあるような環境ではない。

他愛ない世間話のついでにポロッとそういう話題になっただけではないのか——玲が暗に指摘する。

「お母さんもね、普通だったら笑って受け流すんだけど……」

「……けど？」

「アラムさんね……実は石油王らしいの」

「せきゆおー？」

聞き慣れない言葉に玲はすぐ反応できなかった。

そしてようやく理解が追いつくと、盛大にため息をもらした。

「もう、お母さんったら……。そんなの冗談に決まってるじゃない。本気にしたら後でからかわれちゃうよ？」

瀧奈は高校生の娘がいるようには見えないほど若々しい。彼女目当てにスーパーの常連になっている客がいるという噂も、玲は耳にしたことがあった。

おまけに接客態度も丁寧で評判だったから、変に勘違いする人がいてもおかしくない。

「違うの……。本当なの……」

「石油王がスーパーでレジ待ちするわけないじゃん。あんな人たちは……きっとネットでポチるんだよ」

石油王のショッピング風景などイメージできない玲だった。

「うん、そうよね……。信じられないわよね……」

「当たり前じゃん」

「でもね……玲に挨拶したいからって、来ちゃったの」

「来ちゃったって……へ？」

その時だった。アパートの周辺がにわかに騒々しくなった。

車のエンジン音がたくさんと、さらにたくさんの足音がバタバタと。

なにか普通じゃないことが起ころうとしている——玲は頭では理解しながら、しかし自分にはなにができるでもなく立ち尽くすしかなかった。

そうして騒動が収まった頃、玄関が開く音がして、それからリビングのドアが開いた。

そこにいたのは白い衣装をまとったアラブ系の男性で、逞《たくま》しいヒゲを蓄えていて、頭に白い頭巾みたいなものをかぶっていた。

「………ウソ」

まともに言葉の出ない玲の前で、瀧奈の横に進み出た男性は恭《うやうや》しく一礼した。

「初めまして、アラムです」

その口から発せられた流ちょうな日本語にも反応できず、玲はただただ硬直していた。

石油王のアラムは事の顚末《てんまつ》を玲に説明した。

お忍びで日本に来て観光客に扮《ふん》して散策している途中、ふらっとスーパーに立ち寄ったこと。

そこで瀧奈に出会い、完全に一目惚《ひとめぼ》れしてしまったこと。

それからことある毎《ごと》に瀧奈に会うため、本国と日本を往復していたこと。

まだ妻は二人しかいないから、三人目の妻として瀧奈を迎えたいということ。

三流脚本家が書いたメロドラマの第一話のような展開に、玲は相も変わらず脳みそがちゃんと動いてくれなかった。

なにもかもが突然で劇的で、玲のキャパを超えていた。

そんな中でも、彼女もなんとなく理解できたことがあった。

（この人……本気なんだ……）

玲に語りかける彼の目は真剣だった。旅先の庶民の日本人を弄んで、おもしろがっているなんて雰囲気はこれっぽっちもない。

本気で瀧奈に惚れて妻にしたいと言っている——それだけは理解できた。

「それでタキナを、国の妻たちにも紹介したいです。もちろんアキラ、あなたもです」

「ふ、ふえ？」

急に話題が自分のことになって玲が戸惑う。

「一緒に来てほしいです。しばらくあちらに滞在して、わたしの家族や親戚に紹介を……」

「わ、わたしは無理です！　そんなの無理ですっ！」

「お願いしますアキラ」

「でもでも！　パスポートも持ってません！」

「ならば、大使館から日本の外務省に交渉します。三日あれば用意できます」

「日本語しか話せませんし！　英語の成績も悪いですし！」

「心配ありません。アキラと年近い、日本語が話せる娘います。その子がエスコートします。丁度良《い》い、外で待たせています。呼びましょう」

石油王はおもむろに電話をかけ、玲《あきら》には分からない言語で二つ三つしゃべった。

しばらくすると、再びリビングのドアが開いた。

「父上、参りました」

すらっとした肢体で褐色の肌を持つ少女だった。ファッション誌の表紙を飾ってもおかしくない抜群のスタイルに玲も思わず頰を染めた。

「カッコイイ……」

気付かぬ間にそんなため息がもれていた。

「紹介します。サクヤです。サクヤ、挨拶しなさい」

「お初にお目にかかります。アラム咲耶《さくや》と申します」

石油王よりも流ちょうな日本語で少女が一礼した。

「サクヤ、タキナとアキラです」

「瀧奈さん、玲さん。今後ともどうぞよろしくお願い……」

二人を見つめていた咲耶の視線がピタリと止まる。その眼差《まなざ》しは玲に釘付《くぎづ》けだった。

「えっ？　あ、あのぉ……？」

美人に凝視されて焦《あせ》った玲が悶《もだ》えていると、咲耶の口から小さな声がこぼれ落ちた。

「………かわいい」

「は、はい？」

「いえ、なんでもありません」

咲耶は何事もなかったかのように取り繕うと、再び丁寧にお辞儀をした。

「どうでしょうか、アキラ。この子がいれば言葉の不自由ありません」

石油王が話を本題に戻す。

咲耶に見惚《みほ》れてボーッとしていた玲は、今がピンチであることを思い出した。

このままでは外国に連れて行かれてしまう。すでにコミュ障の自分が異国の地で生き抜けるはずがない。

なにか断る理由を作らないと――

「が……学校があるので行けません！」

つい一時間前まではぼっちな環境に頭を悩ませていたのに、ここでは都合良く言い訳に使ってしまう玲だった。

「アラムさん、娘もいきなりのことで混乱しているようなので……」

「ふむ、確かに。申し訳ありません、アキラ。すぐに返事を求めてしまいました。謝罪します」

瀧奈にやんわりと叱られ、素直に頭《こうべ》を垂れる石油王だった。

「今日はこれで帰ります。タキナ、また連絡します」

石油王は二人に向かって一礼すると、咲耶を連れてリビングを出て行った。

するとアパートの外でまた車のエンジン音と足音が慌ただしくなり、それからまとめて遠ざかっていった。

残された二人は呆然《ぼうぜん》としたまま、しばらくしてお互いに視線を合わせた。

「………本当だったでしょ？」

「………疑ってごめんなさい」

「気にしないで。わたしが逆の立場でも玲と同じだろうから」

瀧奈はよろよろと立ち上がると、冷蔵庫から麦茶を出してグラスに注いだ。

「玲も飲む？」

「……飲む」

二人してグラスいっぱいの麦茶を一気に喉に流し込んだ。

そして二人して大きく深呼吸した後、玲が口を開いた。

「おめでとう。よかったね」

それは本心からの祝福だった。

いろんなことが想定外で驚きっぱなしだったが、つまりは母がようやく幸せになれるということだ。

娘を育てるために苦労して、自分の幸せなんて後回しにしてきた母が、ようやく報われるのである。

これを喜ばずしてなにを喜ぶのか。

「賛成、してくれるの……？」

「もちろん。お母さんが幸せになるのに、わたしが邪魔するわけないよ」

せめてこれからは人並み以上の幸せを受け取ってほしいと願う玲だった。

「でも、玲はアラムさんの国には行きたくないのよね？」

「うっ……そ、それは……」

残念ながらそれだけは真実だ。

同学年の日本人の中でもぼっちなのに、異国で生きていけるわけがない。いくら咲耶が親身になってくれたとしても、ぼっちにとってはそれすら荷が重いのだ。

「わ、わたしは大丈夫だから！　お母さんは自分が幸せになることを考えて！」

「そんなのダメよ。玲を放っておいてなんて……」

瀧奈《たきな》は母として自然な心配をしてきた。

このままじゃせっかく幸せになるチャンスを自分のせいでフイにしてしまう――玲の口が咄嗟《とっさ》に開いた。

「だ、だってわたし、学校に友達がいっぱいいるんだもん！　せっかく友達になれたのに離ればなれになりたくないよ！」

百パーセントのウソがこぼれ落ちてしまった。

しまったと後悔するが、そんな気持ちを胸の内に押し込んで微笑《ほほえ》んでみせた。

「そうなの？　まだ学校が始まって一週間でしょう？　玲ってそんなに友達を作るのが得意だったかしら……？」

「わ、わたしだって高校生だよ？　中学までのわたしと違うんだから！」

こうなったら最後まで突っ走るしかないと、玲は立ち止まることを止《や》めた。

「お母さんは安心して行ってきてよ！　あっちですごすのって、そんな何か月もってわけじゃないよね？　そのくらいなら一人で大丈夫！」

なんとしても母に幸せになってもらおうと、玲は必死に演技した。

―・―・―・―・―・―・―・―・―・―

最終的に瀧奈は玲の応援を受け入れた。

アラムと一緒に彼の国に旅立ち、玲は日本に残った。

一人で問題ないと玲は強がったが、瀧奈の説得もあって、日本にいるアラムの友人が彼女の後見をすることになった。

その友人は日本でも有数の富豪であり、仕事でもプライベートでもアラムとは懇意にしているということだった。

その名を雑賀治五郎《さいかじごろう》といった。

お嬢様(じつは庶民)、俺の家に転がり込む

玲
×
玄次郎

まさか石油王が想い人のところに通うために、お忍びで来ていたなんて驚きだ

ですよね。でも目の前に現れちゃったら信じるしかなかったです

それにしても君はお母さん想いだな。頭が下がるよ

わたしのせいでお母さんの幸せを奪っちゃうなんてイヤですから

だけど、友達が多いというのは……少し無理があったんじゃないか？

…はい。一世一代のウソです

二章・貧乏紳士と庶民お嬢様

玄次郎《げんじろう》は無一文になっていた。

雑賀グループのトップの座から父の治五郎が降りたのと同時に、事業失敗の責任を取って資産の処理を進めたからだ。

法的には治五郎にそこまでする責任がなかったのかもしれないが、自分の判断が失敗を招いたのだからと、周囲が止めるのも聞かずに手続きを進めてしまった。

今は海外資産の精算をするために治五郎も国外に出ていた。

かくして急転直下の日から一週間と少しが経《た》ち、玄次郎が住んでいる屋敷も引き渡される日が明日に迫っていた。

財産も住むところも失うことになった玄次郎は——相変わらずだった。

「さて、引っ越すか」

落ち込むでもなく愚痴るでもなく。父を恨むでもなく昔を懐《なつ》かしむでもなく、いつも通りの行動力と活力にあふれた玄次郎がいた。

すべてを失ったというのに、彼のすべては変わらなかった。

学校では相変わらずの行動力を発揮し、まさかその場の誰よりも貧乏になったとは思えないほどだ。

普通の少年ならば御曹司から貧乏人に転落して平静ではいられない。将来に絶望して悲嘆に暮れるだろう。

だが玄次郎は父の治五郎の背中を見て育った。いつかは雑賀のグループを支える後継者として育てられた。

そこで教え込まれたのが、位高ければ徳高きを要す《ノブレス・オブリージュ》の精神である。

だから自分の失敗に対して厳しく対処する父の姿は、玄次郎にとっては納得するべきものだった。

「親父《おやじ》も最初はゼロから始めてあそこまで上り詰めたんだ。ま、こういうことも経験のうちだな」

一人の人間として成長するためには試練も必要だ――そう呟《つぶや》く玄次郎の瞳には活力があふれていた。

「忘れ物は……ないな」

身の回りの荷物をまとめ、これまですごした屋敷に別れを告げる。屋敷には雑務をこなしてくれていた執事とメイドが一人ずついたが、すでにお役御免となっていた。

玄次郎はトランクケース一つだけを手に玄関に向かった。

外に出ようと扉に手をかけて――呼び鈴が鳴った。

もうここを訪ねてくる人はいないはずなのに――玄次郎は不思議に思いながらも扉を開けた。

そこには異国の少女が立っていた。

肌が少し褐色で紺碧《こんぺき》の瞳を持ち、西アジア出身のように見えるが、目鼻立ちはどことなく日本人らしさを感じさせる。東アジアの血も入っているのかもしれない。

切れ長の目元にすらっとした肢体で、長い髪をサイドテールで結わえている。背丈は玄次郎と同じくらいで、ファッションモデルのような風格と格好良さが共存していた。

「恐れ入りますが、雑賀さまのお屋敷で間違いございませんでしょうか」

流ちょうな日本語が少女の口から出てきた。

「今日までは正解、明日からは不正解だ。今日までは雑賀の家だけど、明日からは違う」

「それはどういう……」

玄次郎の返答に困惑した少女だったが、彼の顔を見つめているうちにハッとしたように息を吞《の》んだ。

「……もしかして、雑賀治五郎さまのご子息でいらっしゃいますか？」

「治五郎は親父だ」

「やはり玄次郎さまでしたか。目鼻立ちがよく似ていらっしゃいます」

「……失礼だが、どこかで会ったことがあるか？」

ずばり名前を言い当てられて玄次郎が面食《めんく》らう。

「治五郎さまからお写真を拝見したことが」

雑賀グループのトップが家族の写真を見せる仲――玄次郎は目の前の少女がただ者ではないと悟った。

「申し遅れました。わたくし、アラム咲耶《さくや》と申します。咲耶とお呼びください」

咲耶が丁寧に一礼して名乗った。

「雑賀治五郎さまとは、我が父の石油採掘事業にて大変懇意にさせていただいています」

「石油、アラム……あぁ、聞いたことがある」

父が仕事の話をした時に、そういう単語が出てきたことを玄次郎は思い出した。確かずいぶんな日本通だったと記憶していた。

「あなたも日本語が堪能《たんのう》のようだ。やはりアラム氏の影響で？」

「はい。母方に日本の血も入っております。それにわたくし自身、日本文化には興味を持っていることもあって勉強いたしました」

「それは素晴らしい」

これだけ流ちょうなのだから相当な努力を重ねたのだろうと、玄次郎は素直に賛辞を送った。

軽い挨拶も終えたところで、咲耶が本題を切り出した。

「実は父がこのたび、三人目の妻を娶《めと》ることになりました」

「それはめでたい」

三人目と聞いても玄次郎に動揺はなかった。西アジアなら珍しいことではない。

「その方は父と連れだってしばらく本国に滞在するのですが、その間、ご息女が一人で日本に残るため、義姉であるわたくしが遣わされました。そして二人で雑賀さまの屋敷でご厄介になれと……。もしや、聞いておられませんか?」

目を白黒させる玄次郎を見て咲耶が尋ねる。

「父からは治五郎さまに連絡を入れたと聞いておりますが……」

「すまない。親父はいろいろと忙しくしているんだ。きっと忘れていたんだろう」

「きっとお忙しい方でしょうから、無理もありません」

咲耶は気を悪くする様子もなく続けた。

「ところで、お屋敷には玄次郎さまの他には誰かいらっしゃらないのですか？　玄次郎さまのお時間をいつまでも取ってしまうわけには……」

「あー……そのことだが」

　事業失敗のケジメとして資産の処理を行っていることまでは知らないのだと分かった。

「なんと説明したらいいか、どう説明すればいいのか……」

　順序だてて話すしかないだろうと、咲耶を屋敷に招き入れることにした。

「入ってくれ」

「よろしいのですか？　どこかにお出かけになるところだったのでは……？」

「構わない。ちゃんと説明しておかないと迷惑をかけるからな」

　まだ今日という一日は残っている。この屋敷はまだ玄次郎がいてよい場所だ。

「ところで、さっきの話に出たご息女というのは……？」

「こちらに……。ここに来るまでは普通だったのですが、玄次郎さまのお顔を見た瞬間に様子が変になってしまいまして」

　咲耶がさっと身体《からだ》を横にどけると、彼女の背中にピッタリとくっつくようにして立っていた少女が姿を現した。

「ウソでしょウソでしょウソでしょウソでしょ……雑賀先輩があの雑賀グループの御曹司

だったなんて誰も言ってなかった……。はっ！　もしかしてわたしだけ知らなかった⁉

友達いないから教えてくれる人がいなかったとか⁉」

ぷるぷる震えながら混乱している少女は、いつかの入学式の日に職員室の前で見かけた少女だった。

「ご紹介します。わたくしの義妹となりました玲《あきら》です」


―・―・―・―・―・―・―・―・―


玄次郎は二人を客間へと通した。お互いに相対してソファーに腰掛ける。

残念ながら出せるようなお茶やお茶請けは残っていない。形ばかりのおもてなしすらできず、謝罪した上で玄次郎は事の顚末《てんまつ》を打ち明けた。

「つまり……今の雑賀家には玲を後見することはできないと」

「そういうことだ。せっかく頼ってくれたのに、すまない」

期待に応えられず玄次郎が再び謝罪する。

「いえ、治五郎さまの行いは徳の高いことです。人の上に立って多くを手に入れながら、そこまで自分に厳しい姿勢を貫けるのはご立派です。もちろん、その意志を尊重して受け入れた玄次郎さまも」

「終わってしまったことに執着しても前に進めないからな」

「そのお志があれば、再び成功を手にする日も遠くはないでしょう」

「ありがとう。頑張るよ」

咲耶が上辺だけのおべっかではなく、本心から言ってくれていると伝わってきて、玄次郎は思わず頬を緩めた。

「ところで……」

玄次郎は目の前に座る咲耶から、その隣の玲に視線を移した。

「はわぁ……。ソファーがふかふかしてる……。窓が大《お》っきい……。天井が高い……」

彼女は物珍しそうにキョロキョロしながら、ため息をもらしまくっていた。母と二人でこぢんまりしたアパートの一室に暮らしていた玲にとって、なにもかもが新鮮だった。

「申し訳ありません。玲はつい先日まで普通の家庭で暮らしていたものですから」

咲耶が妹の不作法を詫《わ》びるように目を伏せた。

「いや、そうではなくて……」

玄次郎は再び咲耶を見つめた。

「なぜあなたは……ずっと彼女に抱きついているんだ？」

「はい？」

咲耶は隣の玲を抱き寄せ、密着し、隙あらば義妹の髪を指で梳《す》いていた。

「なにか問題がございますか？」

丁寧に玲の髪を梳く手を止めようともせず、真面目な顔で問い返す。

「仲が良い《い》……というか、良すぎるというか……」

「申し訳ありません。ですが止《や》められないのです。これには深い深い事情があるのです」

ふざけた雰囲気など微塵《みじん》も見せず、いたって真剣な顔で咲耶は返した。

「……差し支えなければ、事情とやらを聞かせてもらえるか？」

「玲が可愛《かわい》くて仕方ないのです」

想像以上にシンプルな事情だった。

「わたくしは兄弟姉妹の中で一番の年下でした。ですから年上の兄や姉から可愛がられるばかりで……。そんな時にわたくしに義妹ができたのです。これはもう、可愛がるしかありません」

「な、なるほど……」

深い深い義妹愛を語る咲耶の眼差《まなざ》しはあまりに力強かった。それはもう、玄次郎《げんじろう》に異論を挟ませる余地などないほどに。

「どうですか玄次郎さま。玲のつぶらな瞳、細い眉、形の良い唇、桜色の頰……まるでわたくしの義妹になるために生まれてきたようではありませんか」

「姉妹で仲が良いのはいいことだ」

いささか度が過ぎる気もしたが、姉妹が仲良しで悪いわけがない。一人っ子である玄次郎にとってはむしろ羨ましくも感じた。

「二条《にじょう》もすっかり心を許しているようじゃないか」

「は、はい！　わたし、一人っ子だったので……。いきなりお姉ちゃんができて最初は戸惑ったんですけど、お姉ちゃん、優しいし……」

咲耶になでられるがままの玲は嬉《うれ》しそうに頰を緩ませた。まだ出会って数日しか経《た》っていなかったが、咲耶が与えてくれる無尽蔵の義妹愛にどっぷり浸っていた。

「そろそろ話を元に戻そう」

玄次郎が本題に入った。

「さっき事情を話したように、今の雑賀《さいか》ではあなた方の世話をすることができない」

「そうでしたね。しかし困りました。玄次郎さまを頼れないとなると……」

「すまない、俺が他のツテを紹介できればいいんだが……」

「父は治五郎《じごろう》さまを信頼して任せられるからこそ、異国の地にわたくしと玲が残ることを承諾したのです。他の方ではそうはいきません」

「そうなるとホテル暮らしをしてもらうしか……」

「え、えっと……あの……」

その時、玲がおずおずと会話に入ってきた。

「先輩は……これからどうするんですか？　このお屋敷には住めなくなっちゃったんですよね？」

「俺の心配をしてくれるのか。大丈夫だ、行き先は決めてある」

この屋敷を出て行くと分かってから玄次郎は行動に移していた。

「そうなんですか？」

「ああ、近くにテントを張れそうな河川敷が……」

「野宿⁉」

まさかの言葉に玲の声が裏返った。髪を梳いてくる咲耶の手を振り払って立ち上がる。

「そんなのダメです！　先輩がそんなことしちゃダメですっ！」

「な、なぜ君がそこまで必死になるんだ……」

「だって雑賀先輩ですよ！　雑賀玄次郎先輩ですよ⁉　学校で一番の人気者が、そんなところで雑草なんか食べちゃダメですっ！」

「く、草を食べると思われているのか……」

テント暮らしはちゃんとした住処《すみか》を見つけるまでのつなぎのつもりだった。なにせ無一文になったのはつい先週のことだ。屋敷の引き渡しの日は決まってしまっていたし、住み込みで働けるアルバイト先を見つけるには時間が足りなかった。

「だってだって！　先輩はみんなの憧れだし……わ、わたしもすごく憧れてますし。だから先輩はちゃんとしてなきゃダメなんですっ！」

玲の心境は『推しのアイドルを見守るファン』に近かった。

憧れの人には輝いていてほしい、格好良くいてほしいという、ある意味で親心みたいなものが芽生えていた。

友達ができずに独りぼっちの玲にとって、全校生徒が友達と言っても過言ではない玄次郎は、まさしくそういう対象だった。

「しかしな……。他に住むところなんて……」

「玄次郎さま。父と治五郎さまの誼《よしみ》です。わたくしの方で手配いたしましょう」

咲耶《さくや》が助け船を出した。

「しかし俺には返せるものがないぞ。そう言ってくれるのは心底ありがたいが、一方的に恩を受けるだけというのは……」

いくらお互いの父に交流があるとはいえ、そこまで面倒を見てもらうのは気が引ける玄次郎だった。

「ご心配なく。父からは当座の生活費として、ある程度まとまった額のお金を自由にして良いと言われています。誰であろう、治五郎さまのご子息のためであれば、きっと許されるでしょう」

「そうか……ありがとう」

助けられてしまった——玄次郎の中に大きな安堵《あんど》と、そして小さな悔しさが生まれ落ちた。

雑賀の人間として周囲の模範とならねばならないのに。自分を高める努力を続けなければならないのに。

今の自分は己の明日すら自由にならないのだと痛感した。

「代わりといってはなんだが、今の俺にできることがあればなんでも言ってくれ。雑賀の後ろ盾もない俺がなんの役に立つかは分からないが、全力で恩返しさせてもらう」

少しでも罪悪感を和らげようと玄次郎が申し出る。

すると玲が小さく手を上げた。

「あ、あの……。それでしたら一つお願いが……」

「おぉ！　なんでも言ってくれ！」

頼られるのが大好きな玄次郎が食いついた。

「その……わたしを立派なお嬢様に育ててほしいんです」

「君を……？」

すぐには意味が理解できずに玄次郎は首を傾《かし》げた。

「わたし、ついこの間までは庶民でした。友達もいなくて影も薄くて、いろんな意味で残念な子でした。それなのにお母さんが再婚して、急にお金持ちになっちゃいました。わたしは残念な子のままなのに、わたしに付いている名札だけ豪華になっちゃいました……」

玲は包み隠さず打ち明けた。

ずっと人と接するのが苦手で友達を作るのが苦手で、そんな自分を変えたいと願って高校受験に挑んだのに、結局はなにも変わらないままの自分が情けない──と。

「そんなに自分を悪く言うものじゃない」

「いいんです。本当のことですし。自分でも残念な子だってことに諦めちゃってたところもあります」

玄次郎がフォローするも玲は止まらなかった。

「でも……このままじゃお母さんに迷惑をかけちゃうかもって心配なんです」

「お母さんに？」

「せっかく再婚して新しい幸せを手にしたのに……。ずっとわたしを育てるのに苦労して、頑張って、やっと自分の幸せを見つけられたのに……」

わたしが残念な子のままじゃ、お母さんが安心して幸せになれない――それが恐《こわ》くて仕方ないと玲《あきら》は語った。

だから残念な子を卒業したい。立派になって、どこに出ても笑われないようなお嬢様になるしかない。

そうすればきっと、お母さんは自分自身の幸せのために歩き出せるから。

「雑賀先輩なら、きっといろんなことを知っていると思うんです！　パーティーでのマナーとかお茶会での作法とか！　あとあと……友達をたくさん作る方法とか！」

そういったことをたたき込んでほしいと玲は訴えた。今までに経験したことのないような大きな一歩を踏み出した。

この少女は一世一代の勇気を振り絞っている――玄次郎にも伝わってきた。

しかも自分のためではなく、今まで育ててくれた母親のために。

これを立派と言わずになんと言おう――断る理由などどこにもなかった。

「俺でよければ全力でサポートしよう。今まで親父《おやじ》に連れられて、いろんな名家のお嬢様も見てきたしな」

「ホントですか⁉　や、やった……思い切ってよかった！」

それまでの必死な表情から一転して、玲が笑顔を咲かせた。

「あ、玲？　わたくしもしっかりお嬢様なのですが……」

最愛の義妹があまりに眩《まぶ》しい微笑《ほほえ》みを玄次郎に向けるので、焦《あせ》ったように咲耶が割り込んだ。

「咲耶お姉ちゃん！　わたしやったよっ！」

「うっ……」

天使の笑顔を向けられた咲耶が胸を押さえて悶絶《もんぜつ》した。

今の彼女の喜びを邪魔するような真似《まね》が、咲耶にできるはずもなかった。

「……承知しました」

ややあって、咲耶はさっきまでのキリッとした表情に戻った。

ただ一つ変わったことがあるとすれば——玄次郎を見つめる視線に、ずいぶんと冷たいものが混じっていた。

それは愛する者を奪われそうになった、いわゆるジェラシーだった。

「それでは玄次郎《げんじろう》さまの住まいをご用意いたします。そこらへんの河川敷ではあんまりなので、一級河川の河川敷にプレハブ小屋でも建てて……」

「お姉ちゃん、それじゃさっきと変わらないよ？」

「くっ……」

ささやかな抵抗もかなわず、咲耶はしぶしぶと段取りに入った。

「アパートを手配いたします。場所は通学に支障のない範囲で……」

「あの……ここでいいんじゃないかな？」

ふと玲が言った。

「……ここ？」

「うん。だって雑賀先輩がずっと住んでたんだし。わざわざ別の場所に引っ越す必要もないかなって」

「しかし、この屋敷はすでに雑賀家のものでは……」

「だから、ここを借りちゃえばいいかなって」

なんの気負いもなく、あたかも『その方がいろいろ楽だしね』くらいの調子で玲が提案した。

「ここを……借りる……？」

咲耶の表情がにわかに強張《こわば》った。

仮にも雑賀《さいか》グループのトップが住んでいた屋敷だ。治五郎《じごろう》が豪華絢爛《ごうかけんらん》を好んでいたわけではないとはいえ、社長の肩書きに恥じない造りをしている。

ここを借りるとなると、相当な出費を覚悟する必要があった。

「……玲。ちなみに、今まで住んでいた家の家賃はいかほどですか？」

「よく知らないけど……五万円くらいかな。このお家《うち》は大《お》っきいから……じゅ、十万円くらいはしちゃうのかな？」

そんな額で収まるわけありませんっ——咲耶は思わず叫びそうになった自分を咄嗟《とっさ》に抑えた。

十万円だったら大金だなぁ——なんて呑気《のんき》なことを言っている玲が、この瞬間だけはものすごい小悪魔に見えた。

「な、なにかおかしいこと言っちゃった？」

つい先日まで庶民の生活を送っていた玲は、もちろんお金の大切さを知っている。節約と節制を意識してすごしてきた。

だがそれが禍《わざわい》して、大きすぎる金額のお金に対しては逆にイメージが曖昧になってしまっていた。

十万円も百万円も一億円も、玲にとっては『ものすごくたくさんのお金』というカテゴリーに収まっていた。

「金銭感覚の方もたたき込んでもらう必要があるかもしれませんね……」

咲耶は玲に聞こえないようにボソッと呟《つぶや》いた。

「………いいでしょう。この屋敷を借ります。権利を譲渡した先をお教えください、玄次郎さま」

「あぁ、後で連絡先を持ってくる……。けど大丈夫か？　この屋敷、まあまあ大きいんだが……」

「可愛《かわい》い義妹のたってのお願いです。これに応えないのは義姉の名が廃ります。それにここであれば、わたくしたちが暮らすにも問題ない広さです」

「お、俺と一緒にここに住むのか？　それはさすがに問題があるんじゃ……」

玄次郎は狼狽《うろた》えた。

玲は学校の後輩だし、咲耶も自分と同年代だ。

そんな二人の少女と一つ屋根の下というのは世間体が悪い。もちろん玄次郎には不埒《ふらち》な真似を働くつもりなど露ほどもなかったが、周囲がそれを正直に信じてくれるだろうか。

「いいえ、ここに住みます」

「しかし世間体というものが……」

「住むのです！」

咲耶《さくや》はキッと目を見開いた。

「この屋敷を借りるだけの出費……想定外です。決して余裕がないわけではありませんが、だからといって無駄に浪費してよい理由にはなりません」

その覚悟は玄次郎にとって少し意外だった。

資産家の子供であれば多かれ少なかれ自惚《うぬぼ》れるものだ。親の築いた功績を自分のものと勘違いしてしまうというのは、避けられない道である。

そういう同世代を玄次郎は何人も見たことがあるし、だからこそ自分はそうなってはならないと律することができた。

そういう意味では咲耶は玄次郎と同じ側の人間だった。

そして、彼女に唐突な試練を与えた張本人はというと――

「えっ？　わたしもここに住むの！　すごい！」

まるで罪の意識などなく、無邪気に浮かれているのだった。

――・――・――・――・――・――・――・――・――・――・――

やがて夜が訪れ、三人で初めての晩ご飯となった。玲と咲耶が食材の買い出しに向かい、その間に玄次郎は二人がこの屋敷で暮らせるように準備を整えた。

「お料理なら任せてください！　数少ない特技なんです！」

玲は帰ってくるなり、やっと自分が役に立てると息巻いた。

しかし待ったをかけたのが玄次郎である。

「二条《にじょう》が働くなんて駄目だ。君はこの家の主《あるじ》であって、客人なんだからな。そういう仕事は俺がやるべきだ」

「で、でも！　雑賀先輩がそんな……」

「大丈夫だ。凝った料理でなければなんとかなる。今はまだレパートリーも少ないが、これから増やせるように努力する」

「そうじゃなくてぇ……」

玄次郎は良かれと思ってのことだったが、自分の唯一の晴れ舞台を横取りされてしまう玲だった。

「いいではないですか玲。玄次郎さまに任せましょう」

ゆったりくつろぎながら咲耶が言った。

「それにお嬢様たる者、庶民のために働く必要などありません」

そしてジロリと玄次郎を睨《にら》む。玲の尊敬が自分ではなく彼に向いてしまっていることが、どうしても癪《しゃく》に障《さわ》ってしまう困った義姉だった。

「その通りだ。楽にしていてくれ」

「くっ……」

しかし玄次郎にあっさりと嫌味をスルーされ、歯噛《はが》みしてしまうのは咲耶の方だった。

「そ、そっか。お嬢様になるならこういう時に、デンッて構えてなきゃだよね……」

こういう時にお嬢様ならばどうするべきか――マンガやドラマに出てくるお嬢様キャラを記憶から引っ張り出す。

「……よし」

やがて小さく頷《うなず》くと、おもむろにリビングにある一番大きなソファーに腰掛け、脚を組んで胸を反らし、髪をかき上げた。

なんか様になってるかも――慣れない仕草ながらも、玲はどこか興奮を覚えた。これまでとは違う自分になれた気がした。

かつての玲ならこんな仕草は絶対にしない。特に誰かの目があるところでなんてありえないだろう。

しかし今は玄次郎も咲耶もなにも言わず、彼女のやりたいようにやらせてくれていた。

ぼっちで陰キャな自分を変えられるんだと玲《あきら》は胸を高鳴らせた。

（わたしはお嬢様になれるんだ！）

そんな喜びに浸りながら、これ見よがしに脚を組み替えて——ゴキッ。

「んぎゃ！」

「あ、玲……？」

もんどり打って倒れた玲に咲耶が慌てて駆け寄る。

玲はピクピク痙攣《けいれん》しながら蹲《うずくま》った。

「あし……ひねった……」

大胆に脚を組むなどという、経験ない動作に彼女の身体《からだ》がエラーを起こしていた。

「立てますか？　ほら、ここに横になって……」

「うぅ……恥ずかしいよぉ……」

お嬢様への道は険しそうだと思い知る玲だった。

お嬢様(じつは庶民)、俺の家に転がり込む

玲
×
玄次郎

雑賀先輩から見て、初対面の咲耶お姉ちゃんってどういう印象でしたか？

立派な人だ。理性的で思慮深く、教養もある

ですよね！　わたしにはもったいなさすぎるお姉ちゃんです！

あえて欠点を挙げるならば……君に甘すぎることかな。初めての妹ならば仕方ないのかもしれないが

そ、そんなに甘やかされちゃってますか、わたし……？

普通の姉は、妹にお願いされただけで屋敷を丸ごと借り上げるなんてしないからな

▼
▼
▼
▼
▼
▼

三章・庶民は迷走する

玲と咲耶のおかげで玄次郎《げんじろう》は今までと変わらない生活を送ることができるようになった。

もちろん屋敷の維持管理をしてくれていた執事やメイドはもういない。広大とは呼べないながらも、普通の一軒家と呼ぶには広い屋敷である。これまで彼らが担《にな》ってくれていた雑務は玄次郎の仕事となる。

もちろん、やり慣れた仕事ではない。たまにメイドの仕事を手伝うことはあったが、今度は全面的に彼の担当になるのだ。

それでも玄次郎にさほどの抵抗はなかった。なにせ玲の鶴の一声がなければ、今日明日の帰る場所すらままならない立場だったのだ。

日々の生活費を賄うためにアルバイトにも忙殺されていただろう。それと比べたら天と地だ。

この恩は全力で返さなくては――玄次郎は玲を立派なお嬢様に導くのだと決意した。

――・――・――・――・――・――・――・――・――・――

玲と咲耶が屋敷で一夜を明かした翌朝、朝食を済ませた玄次郎と玲は学校へ向かおうとした。

しかし咲耶が二人を――というか玲を引き留めた。

「玲、大丈夫ですか？　一緒に行かなくて大丈夫ですか？」

「お姉ちゃん、心配しすぎだってば」

「ですが玲の身になにかあったら……」

義妹大好きのお姉ちゃんの不安はすさまじかった。

「玲はもう一般人ではないのですよ？　アラムの家族の一員なのです。どこの悪党が狙っているか分かったものではないのですよ？　わたくしには少しですが武芸の嗜《たしな》みがあります。きっと玲を守って……」

「日本はそんなに恐《こわ》いところじゃないよっ」

困ったように頬を膨らませる玲と、なおも食い下がる咲耶の押し問答は続いた。

「安心してくれ咲耶さん。二条が言う通り、普通にしていれば危険はないよ」

埒《らち》が明かないので玄次郎が玲に加勢する。

「それに彼女の母親が再婚したと知っている者はほとんどいない。普段と同じようにしていれば問題ないさ」

ほらねっ、と味方を得て得意気になる玲は――

「普段と同じ……うっ！」

学校でのぼっちな自分を思い出して盛大に頭を抱えた。

しかし今の玲はこれまでの彼女とはひと味違う。ずっと尻込みしていた一歩を、自分を変えたいと誓った一歩を踏み出したのだ。

玄次郎に導いてもらって立派なお嬢様になるのだと、心の中でこぶしを握った。

「お姉ちゃん！　わたし頑張るから！　お姉ちゃんにも自慢の妹だって言ってもらえるようにっ！」

咲耶の心配とは微妙にズレた決意だったが、そこまで言われてしまっては、咲耶としては信じて見送るしかなかった。

「……分かりました。玲、行ってらっしゃい」

「うん！　行ってきます！」

玲が咲耶に手を振って玄関を出る。

「玄次郎さま、少し……」

玲に続いて行こうとした玄次郎を咲耶が呼び止めた。

「どうした？」

「くれぐれも玲をよろしくお願いします。わたくしの大切な大切な義妹です」

「もちろん」

全力で頼ってほしい玄次郎は一も二もなく頷いた。

「ありがとうございます。玄次郎さま……」

そんな彼に咲耶は少しだけ頰を緩ませた――が、その眼光がにわかに鋭くなる。

「……もしも玲が悲しむようなことになったら、わたくしは自分がどうなってしまうか分かりません。おそらく我を忘れてしまい玄次郎さまにもご迷惑をかけてしまうでしょう」

言葉遣いこそ丁寧だが、その声は冷たく鋭利だった。

「……迷惑？」

玄次郎は背中に冷たいものを感じながら尋ねた。

「そうですね……例えばなぜかこの屋敷が爆発するかもしれませんし、なぜか玄次郎さまが警察に逮捕されるかもしれませんし、なぜか玄次郎さまに莫大《ばくだい》な借金がのし掛かるかもしれません」

最後のやつは例え話にしては現実味が強かったが――とにかく、全力で不幸になることだけは確実そうだった。

「…………肝に銘じよう」

玲のこととなると、どうにも自分への風当たりが強くなると痛感する玄次郎だった。

「先輩？　どうしたんですか？」

なかなか玄次郎が来ないので玲が戻ってくる。

「なんでもありませんよ。さあ玄次郎さま、お急ぎください」

一転していつもの声音に戻った咲耶《さくや》が微笑《ほほえ》んだ。玄次郎も苦笑いして誤魔化すしかなかった。

「……そういえば」

二人で肩を並べて登校する道中、玄次郎はふと声を上げた。

「君のことを二条《にじょう》と呼んでいたが、お母さんが再婚したなら二条はおかしいかな？」

「そうかもしれませんけど……でも、アラムって呼ばれてもピンと来ないです」

「確かに。それなら咲耶さんと同じように名前で呼べばいいかな？」

「さ、雑賀《さいか》先輩がわたしを名前でっ⁉　そんなの恐れ多いですっ！」

玲は憧れのアイドルに名前で呼んでもらえたかのように、顔を真っ赤にして仰《の》け反《ぞ》った。

「て、てきとーに呼んでください！　わたし、友達いないので！　おい、とか、おまえ、とか、そんなので十分なので！」

「そんなわけにはいかないだろう」

あまりにも自己肯定感が弱くて心配になってしまう玄次郎だった。

「玲さんと呼ぼう」

「だ、ダメです！　そんな先輩に丁寧に……せめて呼び捨てでお願いします！　先輩の方が先輩なんですから！」

落ち着かない様子の玲が折れてくれて、ようやく落としどころが見つかった。

「分かった、玲」

「はうぁ⁉　ぎゃ、逆に緊張しちゃいます……」

照れた玲は口数が少なくなってしまった。しばらく会話もなく歩を進める。

（……そういえば）

あまり人を名前で呼んだことはないなと玄次郎は思った。

できるだけ多くの人に自分を知ってもらいたいと願うあまり、残念ながら特別に仲の良《い》い友達がいるわけではない。そこまで特定の誰かと親密になったことがなかった。

そんな環境では、なかなか下の名前で呼び合うことはなかった。相手が女の子であればなおさらだ。

（名前を呼んだことがある女子は……）

玲で二人目だな——そんなことを考えていた時だった。

「玄次郎っ！」

歩く二人の前に立ちはだかる小柄な人影があった。仁王立ちで腕組みし、眉をつり上げて睨《にら》んでくる少女だった。

ミディアムの髪を風になびかせ、キリッとした目鼻立ちからは一目で勝ち気な性格であることが見て取れる。

その名を霧山《きりやま》薫《かおる》子《こ》という。

近隣一帯で大きな影響力を持つ大地主、霧山家の一人娘である。霧山家は政財界とも長らく付き合いがあり、雑賀の御曹司である玄次郎とも顔見知りだ。

そして玄次郎が下の名前で呼んだことがあるもう一人の女の子であり、同じ桜峰《さくらみね》高校の同級生であり——彼とは小学生の時までは許嫁《いいなずけ》の関係だった。

両家の間で結ばれた許嫁の約束だったのだが、中学生になったと同時に薫子の方から破棄していた。

親に相手を決められるなんてイヤだ——年頃になって芽生えた反抗心と自立心とを考えれば無理もないことである。

一方の玄次郎もこの性格であるから、一方的に破棄されたことに腹を立てることもなく、そういうことなら仕方ないと受け入れた。

それ以来、二人はあくまで友人同士として関係を築いてきた。

「あんた、今日は屋敷を出て行かなきゃならない日でしょ？　行き先は決まってるの？」

薫子がどこか得意気に尋ねた。

「あぁ、それなら……」

「いーえ、言わなくていいわ。どうせあんたのことだから、どうにかなるさって調子で乗り切ろうとしてるんでしょ？　昔っからポジティブが過ぎるんだから」

玄次郎の返事も聞かずに薫子はウンウンと頷《うなず》いた。あんたの考えていることなんてお見通しなんだから——とでも言いたげに。

「しょうがないわね。あたしが面倒を見てあげてもいいわ。幼馴染《おさななじ》みの情けってやつよ。ちゃんと感謝してほしいわね。落ちぶれた元御曹司を拾ってあげる心の広い子なんて、あたしくらいなんだから」

「いや、それがだな……」

「んで？　荷物は？　向こうに車を待たせてるから、あたしの屋敷に運んであげる。まったく、さっさと素直にあたしにお願いしに来れば良いのに。わざわざ様子を見に来てあげたことに感謝なさい」

なかなか話を聞いてくれない薫子に玄次郎《げんじろう》は苦笑しつつ、彼女が落ち着いてくれるのを待った。

「薫子、ありがとう」

「ふふん、殊勝な態度ね」

「でも必要ないよ。もう彼女が助けてくれたからな」

「そうね。あたしが助けるんだから必要ないわよね。だったら……。なんですって？」

一転して薫子の表情が固まった。

「彼女って誰？」

「この子だ。一年の……」

隣にいる玲《あきら》を紹介しようとして、そこに誰もいなくて玄次郎は面食らった。

ぐるりと視線を巡らせると、薫子から死角になる電柱の陰にしゃがんで隠れている玲が目に入ってきた。

「霧山先輩だ霧山先輩だ霧山先輩だ……」

玲は恐怖していた。薫子は学校の誰もが知っている正真正銘のお嬢様だ。交友関係も幅広く、玄次郎ほどではないにせよ人気と人望を集めている。

つまり玲にとっては自分と真逆で、ヒエラルキーの頂点に立つ存在だった。同性であるがゆえに玲が抱いてしまう敗北感は圧倒的である。

「玲、どうしたんだ？」

「き、気にしないでください！　どうぞお二人で続けてください！　わたしはここで静かにしてますのでっ！」

「いや、玲の話になったんだが……」

「この子が、なに？」

いつの間にか薫子が玲のすぐ近くまで来ていた。値踏みするような眼差《まなざ》しで玲を見下ろす。

その圧倒的なオーラに玲は呑《の》み込まれるしかなかった。

「………つまり」

学校への道を三人で進む。玄次郎と薫子が肩を並べ、そこからぐんと離れた道の端っこを玲が歩いていた。

「あの子が石油王の娘になって、あんたの屋敷を買い戻したから大丈夫……と？」

「そういうことだ」

「あの子、どこにも石油王の娘って風格がないけど」

「まだ日が浅いんだ。つい先日までは母子家庭で苦労していたらしい。そんなすぐには変われないさ。俺を騙《だま》すような悪い子じゃないよ」

「……別にあんたの心配してるわけじゃないわよ」

ツンとそっぽを向いた薫子は、それからスマートフォンに視線を落とした。

「………本当みたいね」

玲のことを調べさせていた薫子のもとに結果が届いていた。

アラム家のことや、その当主が新しく妻を迎えたことや、雑賀の屋敷の権利がアラム家に移ったこと——すべて玄次郎の説明通りだった。

「ウソなんて言うわけないだろう」

「奇天烈《きてれつ》すぎる内容だったから念のためよ。あんたがあたしに平気な顔でウソをつくなんて……そんなことあるわけないって、分かってるんだから」

にわかに薫子の声に勢いがなくなった。

さっきまでの元気いっぱいの彼女はどこへやら、心許《こころもと》なさそうに視線が泳ぎ、ちらちらと玄次郎と、そして玲の方を見やる。

薫子から見て、玲は本当に普通の少女だった。大人しそうで内気そうで物静かそうで、人前に出ることや自己主張が苦手そうな雰囲気が漂ってきた。

薫子自身はもちろん、玄次郎とも対極にいるような子だった。

(…………まさか)

薫子の中に一つの不安がこみ上げてきた。

「ね、ねえ玄次郎……」

おずおずと小さな声で話しかけた。霧山家令嬢であるという勢いや自信は引っ込み、年相応の少女の顔がそこにあった。

「あ、あたしたちってさ、許嫁同士だったじゃない?」

「どうした急に? その通りだけど」

「お互いの家同士で決めたじゃない? 将来は結婚させようってことで」

「そうだったな。今になって思えば、俺たちも振り回されたもんだ」

お互いに困った親を持ったなと玄次郎が笑う。しかし薫子の方は神妙な顔つきのままだった。

「それってさ、つまりさ……あたしたちが結婚することが普通だったたっていうか、その方がみんなが納得したっていうか……」

「きっとそうだったんだろうな」

「だ、だったらさ！　別に今からでも……」

「でも、それが薫子は許せなかったんだろ？　決められた相手と強制的に結婚させられるなんて、確かにイヤだもんな」

　ウンウンと頷く玄次郎に、前のめりになっていた薫子の表情が硬直した。

「……はえ？」

「まあ、当時は俺もちょっと傷ついたけどさ。おまえなんか嫌いだって言われたみたいだからな。けどもう昔のことだ。気にしてないよ」

　あっけらかんと『許嫁同士だったのは昔のことだ』と言い切った玄次郎に、薫子はにわかに青ざめて、それから一転して真っ赤になって眉をつり上げた。

「そ、そうよ！　自分の相手は自分で探すんだからっ！　玄次郎よりずっと良い男を見つけるんだから！」

「薫子なら選《よ》り取《ど》り見取りだな。良い出会いがあるように祈ってるよ」

「当然よ！」

薫子はふんと鼻を鳴らすと一人でずんずんと歩いて行ってしまった。

このにぶチンめ——去り際にボソッと呟《つぶや》いた一言は幸か不幸か、玄次郎の耳には届かなかった。

そして一連の二人のやり取りを見守っていた玲はというと、二人が元許嫁だったという衝撃の事実に、頭の中が真っ白になって呆然《ぼうぜん》としていた。


—・—・—・—・—・—・—・—・—・—


玲が石油王の娘となったことは彼女のたっての願いで学校には伏せられた。

咲耶《さくや》は愛する義妹のために相応の待遇を求めるつもりだったが、逆に肩身の狭い思いをすると玲が拒否していた。

ただでさえ友達がおらずぼっちなのに、肩書きだけが大それたものになっても負担になるだけである。

同時に、玄次郎の身辺の変化も伏せられた。もっともこちらは、そもそも彼の出自を知る者がほとんどいないので、玄次郎が普通にしていれば彼が貧乏に転落したと気付く人はいないだろう。

ただ昼休み時間の食事が、コッペパン一個になったことを、何人かの生徒はぼんやりと認識していた。

かくして表面上は昨日と同じ今日が始まったわけだったが——


（立派なお嬢様になるためにはなにが必要なんだろう……？）

古典の授業中、玲は教師の言葉も上の空でそんな考えにふけっていた。

今までの自分を変えたいと一念発起をしたまでは良かったが、彼女自身、その先のことは完全に白紙である。

目的地を決めないままとりあえずスタートだけ切ってしまったようなものだった。

（雑賀《さいか》先輩に頼ってばっかりってのもなぁ……）

玄次郎なら適切に導いてくれるだろうという安心感を覚える一方、それだけでは駄目だとは彼女も理解していた。

なにもかも任せきりでは、とても立派なお嬢様とは呼べないだろう。

（……やっぱり、言葉遣いから変えていった方がいいのかな。ホニャララですわ、とか？）

まずは形から、ということで少し想像してみる。手っ取り早く、テレビドラマに出てくるお嬢様に自分を置き換えてみた。

『おーっほっほっほ！　あたくしを誰だと思っていらっしゃるの？』

『まあ！　お下品ですことっ！』

『ふん！　これだから貧乏人は……』

（だ、ダメだぁ……）

イジワル系お嬢様を思い描いてしまって玲は頭を抱えた。そんなキャラになりたいわけではないし、そんなお嬢様は立派でもなんでもない。

（別のお嬢様……。みんなから憧れられるようなお嬢様……）

優しくて、気品があって、賢くて——偉ぶることもなくて、誰にでも分け隔てなく接して、格好良くて。

そうしてイメージを膨らませていった玲の脳裏に浮かんできたのは——玄次郎の顔だった。

（雑賀先輩が女の子だったら、きっと立派なお嬢様なんだろうなぁ……）

つくづく今の自分とは正反対にいる存在だとため息がもれてしまう玲だった。

（……ダメダメ。憧れてるだけじゃ変われないんだから。わたしも変わらなきゃ……）

まずはお嬢様らしい立ち居振る舞いを心がけよう——そんな小さな決意を固めた時だった。

「二条《にじょう》、ここの空欄にはなにが入る？」

「ひゃい⁉」

名前を呼ばれた玲《あきら》が思わず立ち上がる。古典の先生が黒板に書いた設問をチョークで指していた。

「あ……え、えっと……」

もちろん授業の内容を聞いていなかった玲には分からない。素っ頓狂な声を上げてしまったこともあって、周囲から向けられる眼差しも心なしか痛かった。

わたしってダメだなぁ——意気消沈しながら、玲は素直に答えた。

「……分かりませんですわ」

お嬢様のことばかりを考えていたせいで、つい言葉遣いが寄ってしまった。

『………ですわ？』

「あ！　いやっ！　分かりませんですっ！」

咄嗟《とっさ》に取り繕った玲が机に突っ伏す。

（もう！　わたしってばなに言っちゃってるんだろう……）

微妙なざわめきに耳を塞ぎながら、玲は静かに現実逃避した。

こんな感じで玲がお嬢様のなんたるかに思い悩んでいた一方、本物のお嬢様の方は別の悩みに頭を抱えていた。

―・―・―・―・―・―・―・―・―・―

（玄次郎《げんじろう》が女の子と一つ屋根の下……あの玄次郎が……っ）

昼休み、焦《あせ》りと不安に駆り立てられながら廊下をずんずんと進む。なんとか心の内を外にもらすまいとしていたが、すれ違う誰もが彼女の静かな迫力に呑《の》み込まれて道を譲った。

（だいたい、あたしがちょーっとイヤがったくらいですんなり許嫁《いいなずけ》関係を解消するなんて、玄次郎も器が小さいのよ。幼い頃からずっと一緒だったんだから、そこは広い心で受け止めるのが普通なのに）

――とかなんとか。

一時の気の迷いで玄次郎をフッてしまった薫子《かおるこ》は、難しい乙女心のせいで自分からは関係修復を言い出せず、玄次郎から再びプロポーズしてもらえる日を待っていた。

それこそ、玄次郎との婚約を解消した翌日からずっと。

誰にでも親切で信頼されている玄次郎だが、それでも彼にとっての一番は自分だという自信があった——今朝までは。

「確かめなきゃ、確かめなきゃ……」

焦る気持ちに駆られながら向かったのは一年生の教室だ。

扉の前で一つ深呼吸して、心の中のわだかまりの全部をいったん棚上げした。

「失礼、二条さんはいるかしら」

薫子の姿に教室が一瞬にして静かになった。

上級生がいきなり現れたことに加え、二条って誰だっけと不思議になり、ややあってあの物静かな女の子かと理解が追いついた。

クラスメイトの視線が一点に集中する。

お昼ご飯を寂しく終えて机に突っ伏していた玲が青白い顔をしていた。

「き、ききき……霧山《きりやま》先輩……」

「話があるの。時間いいかしら？」

「あ、えっと……」

全力でお断りしたい玲は言い訳を探した。

ものすごくイヤな予感がする——ぼっち特有の先見の明が発動していた。

（お昼ご飯がまだ……ダメっ、すぐバレちゃう！　先生に呼ばれている……これもダメだ。今の今まで寝たふりしちゃってる！　じゃあ、これから友達と約束が……そんな友達なんてどこにもいないよっ！）

などと混乱しているうちに、気がつけばすぐ目の前に薫子がいた。

「……いいかしら？」

「…………はい」

薫子は玲を連れて中庭の端っこへと向かった。玲のクラスメイトや通りすがりの生徒たちが、思いがけない組み合わせに興味を持って後をつける。

しかし時折、薫子が振り返ってニッコリ微笑《ほほえ》むと、なにか得体の知れない悪寒《おかん》を感じてそそくさと回れ右していった。

二人きりの空間に居心地の悪さが極限に達した玲は冷や汗が止まらない。

すぐにでも逃げ出したい気持ちで頭の中はいっぱいだった。

「さてと……」

先導していた薫子が玲の方を振り向いた。

「二条玲さん。あなたに尋ねたいことがあります」

「は、はい！」

玲が直立不動になって硬直する。

（なにされるんだろ……。あれかな、雑賀先輩と許嫁だったのを黙ってろってことかな……。そんなことを話せる友達はいないんだけどな……）

緊張の面持ちで待機する玲に、薫子がずいっと顔を寄せた。

「…………あなた、玄次郎のことをどう思っているの？」

「えっ……はい？」

思わぬ言葉に玲が気の抜けた声をもらす。するとにわかに薫子の頬に朱が差した。

「べっ、別に変な意味じゃないわ！　ただ確認したいだけ！　無一文になった玄次郎に救いの手を差し伸べるなんて、なにを考えているんだろうって不思議だっただけ！　ホントにそれだけだからっ！」

「は、はい……？」

どう見てもそれだけではない薫子の態度に、玲はつい、思ったことを口にしてしまった。

「もしかして……雑賀先輩のことをまだ好きなんですか？」

「へぁ!?」

霧山家のご令嬢にあるまじき素っ頓狂な声が返ってきた。

「えっと、朝のお二人の様子を見て……なんとなくそうかなって」

「ちっ、違うけど⁉　ぜーんっぜん違いますけどっ⁉　あいつとの許嫁の関係はあたしが破棄したのっ‼　決められた結婚がイヤだったのっ‼」

「な、なるほど……」

ちっとも説得力のない薫子のリアクションだったが、玲はとりあえず反論しないでおいた。

「あたしのことはいいのよ！　あなたのことを聞きたいの！」

薫子が強引に話題を逸《そ》らした。

「正直に言って。玄次郎のことをどう思っているの？」

「べ、別に普通ですよ？　みんなの人気者だなぁ……とか。頼れる先輩だなぁ……とか」

「それだけ？　それだけで玄次郎のために屋敷を買い戻したの？」

そこを突っ込まれると玲は言葉に困った。単に憧れている先輩だからという理由では、確かに説得力が足りない。

最初は玲も誤魔化そうと考えた。

しかし薫子があまりに真剣な眼差《まなざ》しを向けているので、そんな彼女に適当な返事をするのは失礼だと思って――意を決して真実を伝えた。

「……立派なお嬢様になりたいんです」

玄次郎に打ち明けた時と同じように、玲は思うところを包み隠さず打ち明けた。

自分が残念な子であること。家柄だけ立派になって肩身が狭いこと。そんな自分を変えるための指導を玄次郎に頼んだこと。

初めは疑うような様子だった薫子は、玲の目を見つめながら聞き入っていた。

しかし玲の言葉にウソがないと感じ取ったのか、だんだんと彼女の表情から緊張が抜けていった。

「……なるほどね」

「し、信じてもらえたでしょうか？」

「まあ、ウソをついているわけじゃないってことはね。あの屋敷を借り受けるのはやりすぎな気もするけど……」

「そうなんですか？　雑賀《さいか》先輩やお姉ちゃんにも同じようなことを言われました。雑賀先輩にお世話になるからそのお礼にって思っただけなんですけど……へ、変でしょうか？」

「……無自覚って恐《こわ》いわね」

これは確かにいろいろと教える必要があるわね――薫子は玄次郎に少しだけ同情した。

「じゃあ、別に玄次郎のことが好きってわけじゃないのね」

ホッとしたように薫子が呟《つぶや》く。つい口を突いた言葉だった。

だが不幸なことに、目の前にいるのは友達ゼロ人の残念少女だった。薫子が放った一言に玲はにわかに青ざめた。

「好きじゃない……？」

それはつまり嫌いということだろうか。好きの反対は嫌いなのだから、好きじゃないということはイコール嫌いということで、つまり雑賀先輩を嫌っていると理解されてしまったのか——などと、悪い方へ悪い方へと物事を考えてしまった。

（雑賀先輩を嫌いだなんて、そんなわけないのにっ！）

訂正しなきゃ、言い直さなきゃ——慌てた玲は考えがまとまる前に、思っていることを口走ってしまっていた。

「そんなことないですっ！　わたし、雑賀先輩のこと好きです！　大好きですっ！」

ピシッ——安堵《あんど》の表情を浮かべていた薫子が凍り付く。

「…………ほほぅ？」

そして薫子の方もある意味で残念だった。

玄次郎に惚《ほ》れていることを隠そうとするあまり、玲が友好の意味ではなく、恋愛的な意味で言っていると早とちりしていた。

普段は何事もそつなくこなす霧山家の令嬢は、こと恋愛方面に関してだけは頭を抱えるくらいにポンコツだった。

「あたしの前で言い切るなんて……。本気なのね？」

「もちろんです！　中途半端《ちゅうとはんぱ》な気持ちじゃないです！」

玲《あきら》が即答した。これっぽっちの躊躇《ちゅうちょ》もない返事だ。玄次郎を嫌っているなんて勘違いされたくない一心で必死だった。

そして彼女の真剣な眼差しは、薫子の勘違いを加速させるには十分だった。

「……いいでしょう。石油王の娘なら相手に不足はないわ」

薫子の目がすっと細くなった。玲のことを完全に恋敵として認識していた。

玄次郎が一文無しになった時に自分ではなく玲を頼ったことも、彼女への対抗心に火を付けてしまっていた。

「わ、分かってもらえましたか！」

「ええ、ものすごく……。とてもとてもよく分かったわ……。ふふっ」

薫子が笑みをこぼす。霧山家の娘として、どんなに腹を立てても取り乱すことはしない。

こみ上げる怒りを笑みに変えるのが薫子の流儀だった。

しかし彼女の胸の中で燃え上がる嫉妬の炎に玲が気付くわけもなく、微笑む薫子を見て『誤解が解けたみたい！』とホッとしてしまうのだった。

——・——・——・——・——・——・——・——・——

放課後、玲は一人で家路に就いた。

玄次郎《げんじろう》と合流しようかとも思ったのだが、大勢の生徒たちが彼を取り囲んでワイワイしている状況を目の当《ま》たり《あ》にして、割って入る度胸などあるはずもない。

どうしようもない敗北感というか諦めというか、そんな寂しさを胸に回れ右するしかなかった。

「今のわたしじゃ、雑賀先輩の隣に並ぶのも恐れ多いよね……」

立派なお嬢様になるためのスタートラインに立ったつもりの玲だったが、実はまだ更衣室でユニフォームにも着替えていない状態なのだと思い知った。

「せめて雑賀先輩のそばにいても、変な目で見られないくらいにはならないと……」

これは玄次郎にあれこれ指南してもらう以前の問題だと玲は考えた。

彼に導いてもらうに相応《ふさわ》しい自分にならなければ始まらない——いろいろ思案を巡らせ

る。

立派なお嬢様になるための最初の一歩とはなにか。お嬢様といえばなにがまず必要となるのか。

「………やっぱり、見た目かな？」

悩みに悩んだ末、玲は形から入ることにした。

―・―・―・―・―・―・―・―・―・―

玲がやってきたのは理髪店だった。その名も『バーバーオダワラ』という。赤と白と青の螺旋《らせん》が店先でぐるぐるしている、由緒《ゆいしょ》正しい理髪店である。

まだ瀧奈《たきな》と二人で暮らしていた時から通い慣れた、顔馴染《かおなじ》みの店だった。まだ物心つく前の幼い頃から、玲はここで髪を整えてもらっていた。

母子家庭だった頃の二条《にじょう》家には、何千円もかかってしまう美容院というのは贅沢《ぜいたく》品だったのである。

玲はこれまでより少し緊張しながら店のドアを開いた。チリリンと鈴の音をまとって店に入る。

「あのー…おじさん、いますか？」

他にお客さんはおらずガランとしていた。ラジオから聞こえてくる午後のニュースだけが店内に響いていた。

「いらっしゃい……おっ、玲ちゃんじゃないか」

店の奥から少し頭髪の後退したおじさんが現れた。白衣を身につけ、玲の顔を見るや顔をほころばせた。

「こ、こんにちは」

「あれ？　前に来てからそんなに時間経《た》ってたっけ？　見た感じ、そんなに髪が伸びているようにも……」

「おじさんにお願いがあって！」

「な、なんだかいつもと雰囲気が違うね……」

どこかがっつくような玲の勢いに呑《の》まれてたじろぐ。

「おじさんにしかお願いできないの！」

そう語る玲の表情はどこか熱っぽく、頬を赤らめている。その様子に小田原正《おだわらただし》（五十五歳）はピンと来た。

「………そっかそっか。玲ちゃんもそういうお年頃か」

まるで孫を見守る好々爺《こうこうや》のような優しい笑みを浮かべ、小田原はウンウンと頷《うなず》いた。

「お、おじさん?」

「分かってるよ。みなまで言うなって」

年頃の少年少女が髪型を特に気にするのはどういう時か、彼も経験上知っていた。

気になるあの人に振り向いてもらいたい、見つけてもらいたい——そういう甘酸《あまず》っぱい季節が玲にも訪れたのだと察した。

「嬉《うれ》しいねぇ……。まだ子供だと思ってたのに、ちゃんと大人になっていくんだねぇ……」

我が子のことのように感激して、うっすら浮かんだ涙をぬぐう小田原だった。

「さあ、こっちに座って! 玲ちゃんが大切なタイミングでこの店を選んでくれたんだ。精いっぱい頑張らせてもらうよ」

普段は年配のお客さんが多いこの店にあって、年頃の少女の髪を切るという経験は彼とて少ない。

それでも流行の美容院ではなく自分の店を選んでくれた玲に感謝を伝えようと、彼は普段以上に力が入っていた。

「え、えっと……。じゃあ、お願いします」

玲は戸惑いながらもイスに座る。

「それで、どんな感じにすればいいんだい？　大人っぽく？　それとも可愛《かわい》く？」

「お嬢様でお願いします」

「よし分かった。お嬢様だね。それじゃ髪を濡《ぬ》らして……」

それまでにこやかだった小田原の顔が固まった。

「……聞き間違えたかな。もう一回いいかい？」

「お嬢様っぽくしてください」

「お、おじょうさま……？」

予想の斜め上を行く要望に小田原は困惑した。

なぜお嬢様なのだ。玲ちゃんは普通の家庭の子だったはずだ。この前に店に来た時だって『いつもの感じで！』ってな具合だったのに。

意中の相手がお嬢様好きなのだろうか——そんな想像をしてしまった。

「お嬢様っていうと……」

「こ、こんな感じでいかがでしょうかっ」

玲がスマートフォンの画面を見せる。

豪奢《ごうしゃ》なドレスをまとった女性が髪を高々と結い上げ、お手本のような立派な縦ロールをなびかせながら妖艶《ようえん》な笑みを浮かべている画像がそこにあった。

小田原は思わず目眩《めまい》を覚えた。

その脳裏に走馬燈《そうまとう》のように玲の記憶がよぎる。保育園の頃の玲、小学生の頃の玲、中学生の頃の玲――純粋で清らかだった姿が思い出された。

「あの玲ちゃんが……優しくて良い子の玲ちゃんが……っ！」

どうしてこんな色に染まろうとするのだと膝から崩れ落ちた。

小田原正、五十五歳。こんなにも胸が苦しくなったのは初めてだった。

「おじさん⁉　どこか具合が悪いの？」

心配そうな表情で背中をさすってくれる玲に、小田原は安堵とともに怒りを覚えた。

こんなに良い子をけしからん道に引きずり込もうとする輩《やから》を許してはならない。この子は悪い男に捕まってしまったのだ。

素直で優しいこの子を守らねば――五十五年間の人生で初めて抱く使命感が彼の心に芽生えていた。

「玲ちゃん！」

「ひゃわっ！」

ガシッと両肩を摑《つか》まれて玲が小さく悲鳴をもらす。

「自分を大切にしなきゃダメだ！　そんな、簡単に自分を変えちゃダメなんだ！」

「え、えっと……？」

意味が分からずほけっとする玲に、涙ぐみながら五十五歳のおじさんが熱弁する。

「今日のことは聞かなかったことにするよ。家に帰って冷静になって、自分を見つめ直してごらん。きっと今の玲ちゃんを受け入れてくれる人がいるから！　分かったね！」

「ひゃい！」

玲が反射的に頷くと、その肩をポンポンとたたきながら小田原が立ち上がった。

「さあ、もうお帰り。お母さんが心配しているよ」

「あの……。いえ。はい。では……」

髪型を整えてもらいたかった玲だったが、小田原がどこか満足そうにやりきった感を醸《かも》し出《だ》していて、それ以上はなにも言えなくなってしまった。

（よく分からないけど、今日は帰ろう……）

触らぬ神に祟《たた》りなしとばかりに、玲はそそくさと店をあとにした。


―・―・―・―・―・―・―・―・―・―・―

「……ということがあったんです」

帰宅後、玲は理髪店でのことを玄次郎と咲耶《さくや》に話した。

「わたし、なにか間違っていたのでしょうか？」

「大間違いです」

ピシャリと咲耶が言い切った。

「玲《あきら》は今の玲だから素晴らしいのです。そのことを忘れないでください」

静かな声ながらも確かな怒りと焦《あせ》りを孕《はら》んだ発言だった。

「玄次郎さまもそう思いますよね？」

咲耶が同意を求めると、少し考え込んでから玄次郎が頷いた。

「ふむ。その店主が言っていたことは今一つ腑《ふ》に落ちないが、言いたいことは分かる気がする。つまり……」

「……つまり？」

ゴクリと喉を鳴らした玲に玄次郎が言った。

「あの画像みたいに髪を結い上げるというのは、生徒指導の先生に注意されるかもしれないということだ」

「な、なるほど……」

自信たっぷりの玄次郎《げんじろう》と、それに感心する玲と――そんな二人に呆《あき》れたように頭を抱える咲耶だった。

―・―・―・―・―・―・―・―・―・―・―

「玄次郎さま、買い出しをお願いできませんか？」

三人暮らしが始まって初めての週末、玄次郎が屋敷の掃除に勤《いそ》しんでいたところに咲耶がやってきた。

「三人で生活するにはやはりいろいろと足りていません。食器の数も少なく、日用品の蓄えも十分ではありません」

アラム家が借り受けたのは雑賀《さいか》家が手放す直前の屋敷である。処分できるものの多くは売るなり譲渡なりした後だった。もちろんすぐに必要なものは買い足してきたが、後回しにした品々も多い。

咲耶としては愛する玲のためにも、日常生活を充実させてあげたいと感じていた。

「わたくしはまだこの辺りの地理に明るくありません。リストをお渡ししますので、必要なものを買ってきていただきたいのです」

「分かった。任されよう」

快諾した玄次郎は掃除に一区切りをつけ、着替えを済ませると玄関に向かった。

するとそこで玲が待っていた。

「雑賀先輩、わたしにも手伝わせてください」

「いいのか？　家でゆっくりしていてくれて良いんだぞ？」

細々とした雑事は自分がやるべきだと語る玄次郎に、しかし玲は首を横に振った。

「先輩やお姉ちゃんが頑張っているのに、自分だけ呑気《のんき》にしているなんてできません」

「構わないんだぞ？　少なくとも俺は玲に大恩があるんだからな。アラム家のご令嬢らしく振る舞っても誰も文句は言わない」

「ダメです！　その……そういうお嬢様って、わたしが目指しているところとは違うというか……」

身の回りの世話は執事やメイドに任せて自分は優雅に庭で紅茶を嗜《たしな》む――よくあるお嬢様のワンシーンだが、玲が憧れているのはそこではない。

言い方は変だが、言ってみれば、玄次郎のようなお嬢様になりたいのである。

誰からも頼られ、人の輪の中心にいて、みんなから認めてもらえるような――そんなお嬢様だ。

玄次郎の買い出しに同行したいと言い出したのも、彼の普段の言動を見て学びたいという思いが強かったからだ。学校では疎遠になりがちなので、この機会を逃したくなかった。

「……なるほど」

言葉にせずとも、玲の真意は玄次郎にもなんとなく分かった。

そしてその心のあり方は、歓迎するべきものだった。

「ではお願いしよう」

「はい！」

玄次郎は玲と連れだって屋敷をあとにした。

バスと電車を乗り継いで一時間と少し。二人がやってきたのはショッピングモールだった。桜峰《さくらみね》高校からはそこそこ距離があるので、知り合いと鉢合わせになる可能性は低かった。

「まずはなにからとりかかるか……」

咲耶に渡されたリストに視線を落としながら玄次郎は思案した。ただ買うだけならすぐに終わるが、お金の出所は玲と咲耶である。無駄遣いはできない。

必要な品々をなるべくお買い得で仕入れなければ——あれこれ頭を悩ませていると、横から玲がリストを覗《のぞ》き込んできた。

「これとこれは、二階のお店が安くて品揃《ぞろ》えが良《い》いです。こっちは一階の東側にちょうど良いお店が……」

玲がすらすらと口にする。そのよどみない言い回しに玄次郎は舌を巻いた。

「……すごいな」

「えっと……ここにはよく来てたんです。いろんなものが揃うし便利だし、それに学校から遠いし……」

母との二人暮らしである玲にとっては、普段の買い物も大切な役目である。家計に負担をかけないようにやりくりをするノウハウも身についていた。

「玲を見習わないといけないな。これからは俺がそういう役割を担《にな》うんだから」

「そ、そんな、見習うだなんて……」

「いや、玲はすごい。いろいろと教えてほしい」

「先輩に教えるとか、そんな……えへへ」

手放しに褒められて玲が頰を緩める。普段の学校生活では表に出ない部分なので、こうして脚光を浴びる機会はこれが初めてだった。

「それじゃ雑賀先輩、行きましょう！」

心なしか声を弾ませて玲が先導する。

まずやってきたのは台所周りの調理器具を扱っている店だった。

「お姉ちゃんの希望は……このくらいのサイズかな。どっちが良いかな……」

両手にフライパンを持って重さや握り心地を確かめる。その表情は真剣そのものだ。

無尽蔵に近いお金を持っているご令嬢とは思えない節制ぶりだった。

「先輩、どっちがいいと思いますか？　お値段はこっちが安いですけど、持った感じはこっちの方が良いかなって」

「ふむ……」

自分も扱うことになる道具ゆえ、玄次郎の選定にも熱が入る。

「こっちにしよう。持った感じが軽い。毎日使うものだからケチらない方が良い」

「ですね」

大富豪の跡取りとして育てられた玄次郎と、庶民として育った玲だったが、不思議とこういうところの感覚は共通していた。

「次はお鍋と食器ですね。先輩、こっちです」

玲が玄次郎の手を引いて進む。

それは初めて玲が自分から積極的になった記念するべき瞬間だったが、残念ながら二人とも、そのことを自覚することはなかった。

―・―・―・―・―・―・―・―・―・―


買い物を終えた二人は、昼ご飯をどうしようという話になった。

外で食べて帰ろうかと玄次郎が提案すると、玲は少し考えた後、家に帰って咲耶と一緒に食べたいと言った。

「冷蔵庫の中も充実させておきたいですし、お買い物して帰りましょう」

玲がそれでいいならと、二人は帰り道の途中でスーパーに寄った。

玄次郎が買い物かごを持ち、先を行く玲の後ろをついていく。

食材の調達くらいすぐに終わるだろう――そう楽観していた玄次郎は、しかし初《しょ》っ端《ぱな》の野菜コーナー前で待ちぼうけを食らっていた。

玲が難しい顔でキャベツと睨《にら》めっこをしていた。

「安いです……。ひと玉と半玉とどっちにしよう……。丸ごとひと玉の方がお買い得だけど、丸ごととなると美味《おい》しく食べきる前に傷んでしまうかもしれません……」

本気で悩みながら、丸ごとキャベツと半分に切ったキャベツを前に視線が行ったり来たりしている。

「それなら半分でいいんじゃないか？」

余らせるくらいなら足りない方がいいだろうと思った玄次郎だったが、玲は小さく首を振った。

「でも丸ごとの方が、半分を二つ買うより三十円もお買い得です。これは見逃せません。丸ごとキャベツを美味しく食べきれる献立を考えなくちゃ……」

ものの考え方がベテラン主婦のようだった。

「そんな三十円くらい気にしなくても……」

「ダメです。美味しく食べなきゃキャベツに失礼になってしまいます」

「な、なるほど……」

思わぬ迫力を目の当《まあ》たりにして玄次郎の方がたじろいだ。

「……残念ですが、今回は半分にしておきます」

ちょうどいい献立を思い浮かべられなかった玲が、半分のキャベツを玄次郎の買い物かごに入れて次へと向かう。

「それじゃ次に……」

「待ってください先輩！　タケノコとジャガイモも安いです！」

急ぎ足の玄次郎を呼び止め、玲は再び歩みを止めた。

「……お夕飯の献立を考え直した方がいいかもしれません」

そして再び玲《あきら》はジャガイモと睨めっこを始めた。

（なんという集中力……これが玲なのか……）

その後も玲は吟味に吟味を重ねた食材を選定していった。

もはや彼女の情熱を遮るのは無理だと観念した玄次郎は、玲が満足するまで買い物に付き合うのだった。

ちなみに昼ご飯の献立は春キャベツを使ったチャーハンだった。


—・—・—・—・—・—・—・—・—・—・—


「……ところで玲、普段は家でどうすごしているんだ」

昼ご飯の後片付けが済んだ後、食器を洗い終えた玄次郎が言った。咲耶《さくや》は食事を終えるとアラム家との打ち合わせがあるとかで、自室に引っ込んでしまっていた。

「えっと……お休みの日にですか？」

「そうだ。別に深い意味があるわけではないが、俺が役に立つことがあればと思ってな」

「うっ……うう……」

お世辞にも人に褒められるような毎日をすごしてこなかった玲は答えに窮した。

正直に言ったところで玄次郎《げんじろう》がバカにするようなことはないだろう。

しかし――やはり自分から進んで打ち明けられるものではなかった。

もちろん友達と遊びに行くなんて経験はゼロだ。瀧奈《たきな》に買ってもらったゲームを細々とクリアして、インターネットで時間をつぶして、うたた寝していたら夜になっている。

年若い乙女の休日とはほど遠かった。

「その……ゲームを少々、嗜みます」

形ばかりはお上品に答える玲だった。

「ゲームか。俺もよくやっていた」

「そうなんですか？」

玲が急に元気づいた。玄次郎ほどの人気者なら、休日はあちこちで引っ張りだこだと思い込んでいた。

自分と同じようにゲームに勤《いそ》しむ玄次郎の姿を想像して、妙な親近感を抱く。

「親父《おやじ》の仕事に同行することもあって、いろいろとな。ポーカーにチェスにビリヤード、いろいろ教え込まれたもんだ」

「で、ですよねー……」

テレビの前でコントローラーを手にしている玄次郎の姿を想像していた玲は、彼の言葉に呆気《あっけ》なく幻想を打ち砕かれた。

「先輩が普通のゲームをするわけないですよね……」

「普通のゲーム？　玲はどういうゲームをやっているんだ？」

「あ、それは……」

玄次郎が話に食いついてしまって玲は困惑した。

打ち明けるにはあまりに格好が悪い。しかし自分から話を振ってしまっただけに、ここで強引に話題を逸《そ》らすだけの度胸はなかった。

「えっと……やってみます？」

玲は自分の部屋に戻ると、以前に住んでいた家から持ってきた荷物の段ボールを開いた。

どうせなら大きな画面に映そうと、リビングのテレビにつなげることにした。

選んだゲームは、鉄道会社の社長になって全国の目的地を巡りながら物件を手に入れ、総資産を競う国民的メジャーゲームである。

普通は友達同士でワイワイやりながらプレイするジャンルだが、玲の戦う相手はいつだってＣＰＵだった。

あまりに悲しくなるので最近は手にしていなかったが、玄次郎と一緒にプレイできる今日ならばと引っ張り出した。

玲がリビングに戻ってくると、ゲームケースのパッケージを見た玄次郎が目を見開いた。

「これが玲の好きなゲームか……。初めて見る」

「先輩……御曹司ですもんね……」

庶民であればこういうゲームで暇つぶしをするものだが、そういう常識から縁遠いところで生きてきたのが玄次郎である。

心なしか玄次郎の瞳が輝いていた。

（初めてなんだから……手加減した方が良《い》いよね？）

ある界隈《かいわい》では人間関係破壊ゲームと呼ばれることもあると思い出し、今日は接待に徹しようと決める玲だった。

「それじゃあ始めましょう」

ゲーム機をテレビにつないで起動する。

軽快な音楽が流れてタイトル画面になると、それだけで曲に合わせて玄次郎の身体《からだ》が微妙に左右に揺れていた。

先行となった玄次郎がサイコロを振り、自分の駒を進める。

「青マスが給料、赤マスが借金、黄マスが現物支給だったな……」

「現物支給って……」

経営が傾いた会社の社員みたいな言い方だと思った玲だったが、今の玄次郎にとっては笑える話ではないと思い直して口を閉じた。

「……そういえば」

ふと玄次郎が呟《つぶや》いた。

「どうして夏に給料が上がって冬には下がるんだ？　鉄道会社なのに」

考えてみれば真っ当な疑問だったが、言われてみると玲も分からなかった。

「……実は鉄道は副業で、本業は海の家を経営しているのかもしれません」

「なるほど」

（納得しちゃった……）

ゲームに熱中するあまり、いつになく思考力が低下している玄次郎だった。

「ふむ。不動産を買って運用益で資産を増やすわけか……株主への配当金はどこから出せばいいんだ？」

「さ、さあ……？」

ゲームの世界に現実のルールを持ち込まれても玲に答えられるはずもなかった。

「まずは手堅く利回りの良い物件からだな」

さすがは雑賀《さいか》グループの御曹司だっただけあって、玄次郎のプレイングは堅実なものだった。

着実に資産を増やし、不動産を買い、さらに資産を増やすという好循環を生み出す。

しかし、いつまでもそう平穏とはいかない。

サイコロの出目が悪く、進める先が赤マスに限られてしまった。

「赤マスだと？　赤マスにしか進めない……しかも季節は冬だと……」

玄次郎が青ざめた顔になった。

「お、落ち着いてください先輩！」

「さっき物件を買ったから手持ちの現金がない……このままでは借金になる……」

「これはゲーム、ゲームですってば！」

玲が必死にフォローするも、今のゲーム状況は玄次郎の身の上にあまりにもヒットしていた。

「俺は……また失ってしまうのか……」

「だからゲームなんですってばっ！」

意気消沈する玄次郎を励まし、なんとかゲームを続行させる。

苦労の果てに、玄次郎はようやく最初の目的地にたどり着いた。

「ゴールだ……俺は乗り切ったのか……」

「おめでとうございます、先輩。これで大金持ちになれますよ」

玲が言ったタイミングで、一億円を超える賞金が出たというテロップが流れる。

その報酬に玄次郎が目を丸くした。

「なぜ目的地にたどり着いただけで大金が手に入るのだ……。このイベントの背後に巨大なスポンサーがいるのか?」

「深く考えちゃダメですってば」

いちいち現実世界に置き換えてしまう玄次郎だった。

「それで、ですね。誰かがゴールすると、負けた人に罰ゲームがあるんです」

「む……玲の列車に変な男が現れたな。白粉《おしろい》を塗って面妖な老人だ……」

「面妖って……」

つい悪口を言ってしまいそうなキャラにも丁寧な玄次郎だった。

「このキャラに取り憑《つ》かれると、いろいろペナルティーがあるんです。キャラを他の人になすりつけながら逃げ回るってのも、このゲームの面白いところなんです」

「この面妖なやつにくっつかれるとどうなるんだ？」

「……試してみますか？」

そろそろ接待も煮詰まってきたので、玲も普通にプレイを始めてみた。

接待中に集めて回った移動系アイテムで一気に玲との距離を詰めて『面妖な老人』を玄次郎になすりつける。

そして次のターン——

「なに……俺の物件を勝手に売っただと？　しかも半額？　買ってまだ半年も経《た》っていないのに価値が半分だと……」

「こういう嫌がらせをやってくるんです。他にも所持金を減らしたり、いらないアイテムを勝手に買ってきたり……」

「資産の再鑑定を要求する。俺は健全に事業運営していたはずだ。価値が半分に査定されるなど承服できないぞ」

「だからゲームなんですってばぁ……」

いつもコンピューター相手にバトルを繰り広げるだけだった玲は、玄次郎の新鮮なリアクションに微笑《ほほえ》ましいものを感じつつ、彼から面妖な老人を引き取った。

お嬢様（じつは庶民）、俺の家に転がり込む

玲
×
玄次郎

薫子はなぜ機嫌が悪かったのだろう……。俺がなにか迷惑をかけただろうか……

迷惑をかけたというか、むしろ迷惑をかけてもらえなかったのが原因というか……

どういうことだ？　薫子が俺に迷惑をかけられて喜ぶはずないのだが……

はぁ……先輩、本気で気付いていないんだもんなぁ……

教えてくれ玲。
俺は真相を知りたいんだ

言えませんってば！　ちょっとは自分で女の子のことを勉強してください！

▼
▼
▼
▼
▼
▼

四章・リアルお嬢様のジェラシー

玄次郎《げんじろう》と玲《あきら》の関係を秘密にしたまま少し経った頃。

放課後は玲が先に校舎から出てきて、人目を避けたところに隠れ、後からやってくる玄次郎を待って一緒に帰るというルーチンができあがっていた。

相変わらずおっかなびっくりな玲は、人前では玄次郎に近づけないでいた。

彼女の成長には変化が必要だと感じていた玄次郎だったが、変化を無理強いするつもりはなかった。彼女の熱意が熱するのを待っていた。

そして今日も今日とて、放課後に玄次郎はいつもの場所に向かった。クラスメイトや友人から引《ひ》く手数多《てあまた》の誘いを受けたが、すべて断った。

今の玄次郎は大企業の御曹司ではなく、アラム家に世話になっている居候《いそうろう》である。まず考えるべきは玲のことであり、そして屋敷の家事や雑用をこなすことだ。

玲に受けた恩に報いるためにも、可能な限りの時間と努力を彼女に費やすのは当然だった。

しかし――いつもの場所に玲がいなかった。

しばらく待ってみたがなかなか姿を見せない。先に帰ったのかと思って昇降口に戻ったが、彼女の靴はまだ靴箱に残っていた。

（待つべきか、捜すべきか……）

玄次郎は悩んだ。

それというのも玲から『学校では他人のフリでお願いします！』と土下座する勢いで懇願されていたからだ。

学校で一番の人望を集める玄次郎と、人望はおろか存在を認識されているかも怪しい自分が同じ家に住んでいると露見すれば、たちまち注目の的になってしまう――そうなったら緊張しすぎてどうにかなってしまうというのが玲の主張だった。

（……しばらく待つか）

別に急いで帰る必要があるわけでもないと、玄次郎はちょっと離れたところにあるベンチに腰掛け、そこから昇降口の方を眺めて待つことにした。

こんな感じで玄次郎が待ちぼうけを食らっていた時、玲はというと――試練のまっただ中だった。

「あ、あの……霧山《きりやま》先輩……？」

「なにかしら二条《にじょう》さん」

玲のクラスは異様な雰囲気に包まれていた。教室の中には生徒はほとんどおらず、しかし廊下からたくさんの視線が教室の中に向いている。

それもそのはずで、教室の中では玲と薫子《かおるこ》が向かい合って座っていた。放課後になるとすぐに薫子がやってきて玲を呼び止めたのだ。

青ざめた玲とニコニコの薫子という奇妙な光景がそこにあった。

（な、なんで霧山先輩が……？　わたしになんの用事だろう……？）

リアルお嬢様を前にした玲は、そのオーラに全身を打ちのめされながらヘトヘトになっていた。

こんな煌《きら》びやかな人の隣に自分がいることに、ある種の罪悪感のようなものを抱いていた。すでに玄次郎という、学園で一番煌びやかな存在と一緒に住んでいるのだから、申し訳なさも二倍だった。

早く解放してほしい――その一心で玲は辛抱していた。

さて、一方の薫子はというと――

（……あたしのバカ。なにやってんのよ）

玲の教室に乗り込んだものの完全にノープランだった。

玄次郎を玲に取られてしまうかもしれない——それが恐《こわ》くて仕方なくて、居ても立ってもいられなくて、気がつけばここにいた。

玄次郎のところに向かわなかったのは、彼にべた惚《ぼ》れしている自分を認めたくないという意地みたいなものだった。

（落ち着きなさい薫子。あたしは霧山の娘なんだから。みっともない真似《まね》なんてできないわ。どんな状況でも冷静沈着でいなきゃ。例えばそう、玄次郎がこの子と一緒になるようなことがあっても……）

「き、霧山先輩⁉」

ニコニコのままいきなり崩れ落ちて机に額を強打した薫子に玲が仰天した。

「……失礼」

あまりにみっともない自分にパンチしたい衝動をぐっとこらえ、薫子はなんとか姿勢を戻した。

「あ、あの……具合が悪いんですか？」

恐る恐るといった感じで玲が声をかけた。

「なんともないわ」

「でも先輩、どこか不安そうっていうか、悲しそうっていうか……」

「……あたしが？　悲しそう？　そう見えるの？」

思わずドキッとした薫子は怪訝《けげん》そうな顔を作った。心の中ではジェラシーが渦巻く彼女だったが、表面上は自然な笑みを浮かべていたはずだった。

心の内を隠すのは得意だという自信があった。しかしそんな自分を、目の前の少女は悲しそうだと言ったのだ。

「えっと、その……わたし、友達が少ないので……。あっ、ごめんなさい、ウソです。友達が……いないので……」

薫子の疑問に答えるように玲が囁《ささや》いた。

「みんなの顔色を窺《うかが》うことばっかりで、その場の雰囲気に逆らわないように、みんなが進む方向に合わせてきたので……」

「それであたしの顔色を見たら、悲しそうだったってこと？」

「は、はい……。間違っていたらごめんなさい……」

「謝るようなことじゃないわよ、別に」

どこまでも自信なげな玲に、薫子は肩の力が抜けた。

恋敵だと思って警戒していたのに、張り合うどころか至るところで相手が弱気なのだから当然である。

こんな少女を自分は恐れていたのか――玄次郎を取られてしまうと焦《あせ》るあまり、なにも見えていなかったのかもしれないと薫子は反省した。

「……止《や》め止め！　こんなのあたしらしくない！」

それまでの貼り付けたような笑みを崩し、薫子が机に突っ伏した。

玄次郎を奪われたくないあまり、恋敵にせこせこ探りを入れるなどというのは彼女の性分からはかけ離れていた。

堂々と競《せ》り合《あ》った上で勝利し、望むものを手に入れる――霧山薫子という少女のあるべき姿はこれだった。

「ごめんなさい二条さん、あたしどうかしてたわ」

「はえ？　え、えっと……どういたしまして？」

なにがどうなったのかさっぱりの玲だったが、とりあえず薫子の雰囲気が和らいだので胸をなで下ろした――が。

「これからはライバルね。言っておくけど負けるつもりはないから」

「ひゃえ⁉」

いきなり好敵手宣言されて急転直下で面食らった。

「あの！　わたしなんかが霧山先輩のライバルになれるはずないです！　そもそもなんのライバルなんですか⁉」

「いきなり謙遜？　そんなことじゃ油断しないわよ？」

「ほ、ホントになんのことなんですか⁉」

どこまでも会話が噛《か》み合わない二人に、遠くから見守っていた生徒たちもまた首を傾《かし》げるしかなかった。

（あうぅ……みんながこっち見てる……）

ますます視線が集まってきて、玲はすぐにでも逃げ出したかった。

——・——・——・——・——・——・——・——・——

「遅い……」

かれこれ三十分は待っただろうか。下校する生徒も少なくなり、あと学校に残っているのは部活動に勤《いそ》しむ者たちだけだろう。つまり校庭や体育館や部室棟に集まっているわけで、校舎の中に残っている人は少ないはずだ。

今ならば玲を捜してもさほど人目に付くことはないだろうと思った玄次郎は、校舎の中に戻ることにした。

友達とおしゃべりでもしているのか——最初はそう思ったが、玲が自虐気味に『友達がいません』と言っていたことを思い出して考え直す。

先生に呼び出されたというのも、入学してまだ一か月も経《た》っていない新入生を、放課後に長く引き留めるようなこともないだろうから、きっと違う。

単純に思いつく限りでは、玲が帰ろうとしない理由が見つからなかった。

「なにかあったのか……？」

不思議に思いながら廊下を進むと、それまで人がまばらだったのに、にわかに生徒の数が増えてきた。そして玲の教室の前まで来た時には、予想に反して大勢の一年生たちで人だかりができていた。

放課後になにが起こっているのだろう——玄次郎《げんじろう》は一年生の間をすり抜けながら先に進んだ。

「玲……と、薫子？」

思わぬ組み合わせを目撃した。二人きりで込み入った話をするほどの仲ではないはずだ。

ましてや玲は引っ込み思案で人見知りである。彼女の方から誘うことはないだろう。

そうなると声をかけたのは薫子の方か——などと玄次郎が考えていると、二人の視線がふと廊下の方を向いて、そこで彼の姿を見つけた。

二人はハッとしたような表情になった。薫子の方はすぐになんでもないふうを装《よそお》ったが、玲《あきら》の方は玄次郎の顔を見るなり目にうっすらと涙を浮かべた。

(なんでそんな助けを求めるような顔をしているんだ……)

玲の涙の意味が分からない玄次郎は混乱するしかない。ただなんとなく状況は察することができた。

(どうしたものか……)

玄次郎は迷った。彼女の境遇が激変したことは隠してくれと頼まれたし、自分との関係は薫子以外のこの場の誰も知らない。それなのに玲に救いの手を差し伸べれば、どうやっても互いの関係性を勘繰られてしまう。それは玲が望むところではないはずだ。

どうにか玲自身の力でこの状況から抜け出してほしいのだが――

「せんぱいぃ……」

捨てられた仔犬《こいぬ》のような目で見つめられては、玄次郎が放っておけるはずもなかった。

(玲には大恩があるんだ。これに報いなくてどうする)

覚悟を決めた玄次郎は意を決して教室の中へと踏み込んだ。

すると周囲の生徒たちがざわめく。玄次郎が来ているというだけで注目されていたのに、なにやら微妙な空気の漂う玲と薫子のもとへ進み出たのだ。

学校一の人気者はなにをするつもりだろう――大きな期待と小さな不安が交ざった視線が玄次郎の背中に降り注いだ。

「どうした？」

「あ、あの……霧山《きりやま》先輩が、わたしはライバルだって……。わ、わたしなにかしちゃったんでしょうか……？」

「それは本人に聞くしかないけど……」

「玄次郎には関係ないことよ。あたしと彼女の問題」

思いっきり玄次郎に関わることだったが、そんなことはおくびにも出さずに薫子が突っぱねた。

「そうはいかない。俺には彼女に手を差し伸べる責任がある」

ざわざわ――にわかに生徒たちがざわめき始めた。

まず、玄次郎が誰かを助けるなんてことは日常茶飯事である。まるでセンサーでもついているかのように、誰かが迷ったり困ったりしていればどこからともなく現れ、遠慮することなく声をかけていった。

玄次郎は自ら進んで誰かの助けになろうとしているように、誰の目にも見えた。見返りを求めたり義務感を漂わせたりするようなこともなかった。

しかし今回は違った。玄次郎の口から『責任』という言葉が飛び出したのだ。

困っている人がいれば誰であろうと助ける、ではなく、この少女を助けなければならない理由があると言っていた。

あの一年生にはどんな秘密があるのだ――誰もが疑問に思った。

「あ、あの、雑賀《さいか》先輩……。みんなが見てます……。ものすごく視線が痛いです……」

薫子《かおるこ》と話している時とは段違いの好奇心が玲へと集中していた。

「そうか、そうだったな。まずはそこを明らかにしないと、いろいろ誤解を生んでしまうな」

ポンと手をたたいた玄次郎はくるりと生徒たちの方を振り返って、言った。

「二条《にじょう》玲は俺の大切な人だ」

水を打ったような静けさが一瞬にして舞い降りた。

その場にいた誰もが玄次郎の発言をすぐには理解できなかった。

そんな中で最初に復活したのは玲だった。

「せ！　せせせせ先輩っ⁉」

首まで真っ赤になりながら立ち上がって絶叫した。

「どうした？」

「い！　いいいい今の言葉はっ⁉」

「当然のことじゃないか」

なにを大げさにと肩をすくめた玄次郎が玲に近寄って顔を寄せる。

「富豪の娘になったことは伏せておきたいんだろう？　大丈夫、玲の身の上話を暴露するつもりはないよ。俺の方は注目されるのは慣れているしな」

囁《ささや》く玄次郎に、玲はやっと真意がくみ取れた。

玲が注目の的となって居心地が悪くならないよう、玄次郎が身代わりとなってみんなの好奇心と疑問をまとめて引き受けるということだ。

しかし、それにしてもである。

「あ、あんな言い方はないですよっ」

周囲に聞かれないように玲も小声で訴えた。

「なぜだ？　間違ったことは言っていないぞ？　無一文の俺を拾ってくれた玲は正真正銘、大切な人だ」

「そうじゃなくてっ、言葉の選び方ですっ」

「なにかおかしかったか？　当たり前の言葉だと思うが……」

玄次郎は心の底から本音を語っていた。一切の脚色も誇張もなく、ただ『玲は大切な存在だ』と言葉にしただけだった。

しかしそれは、同年代の少女を相手にした発言となると意味が変わってくる。それはもう、とっても大きく変わってくる。

でも玄次郎にそんなことは想像もできなかった。より正確に言うなら、完全に経験の範囲外だった。

位高ければ徳高きを要す《ノブレス・オブリージュ》の精神で誰にでも誠実であるべしと教えられ、人との関わりを大切にしたいとまい進してきた玄次郎だったが、残念ながら男女の関係については誰よりも素人《しろうと》だった。

「そうよね、あんたならそういう言い方しちゃうわよね……」

薫子がさもありなんと項垂《うなだ》れていた。

「みんな、そういうわけだ。これから俺が彼女のことをいろいろ気にかけることもあるけど、気にしないでくれ」

まるで万事解決したみたいな調子の玄次郎は、今にも泡を吹いて倒れそうな玲の手を握ると、彼女を教室から連れ出した。

「さて、帰ろうか」

「先輩！　手っ！　手ぇ！」

「早く戻ろう。相談することも多いからな」

「今の状況より優先する相談なんてないですよ！」

「あるぞ。俺たちのこれからのこととか、いろいろだ」

「だから言葉の選び方ぁ！」

これから同じ家で暮らすなら家事の分担やルールを決めなければならない——きっと玄次郎が言いたいのはそういうことだと玲にも分かった。

しかし言葉だけ聞けば、結婚生活を前にしたカップルの惚気《のろけ》である。

それが玄次郎の口から出てきたわけだから、これはその場の全員の脳みそをフリーズさせるのに十分だった。

もう視線が痛いというレベルではなく、全身が穴だらけになるような感覚に玲は襲われた。

「うぅ……なんだかいろんなことが悪化している気がします……」

「そうなのか？　俺でよければ話を聞くぞ？」

「誰のせいだと思っているんですかっ！」

「誰のせいなんだ？　俺が話をつけておく」

「もうっ！」

そんなやり取りを繰り返しながら、玄次郎《げんじろう》と玲は教室から出て行った。

そんな二人を呆然《ぼうぜん》と見送っていた生徒たちは、その背中が廊下の角に隠れて見えなくなって、さらにしばらく放心して――それから思い出したように、地響きのような絶叫と悲鳴を轟《とどろ》かせるのだった。


――・――・――・――・――・――・――・――・――


「玄次郎さま、そこに正座してください」

屋敷に戻るや否《いな》や、事情を玲から聞いた咲耶《さくや》が静かにキレた。

リビングで仁王立ちになると、ソファーでくつろぐ玄次郎を見下ろしながら、氷のような冷たい視線で睨《にら》みつけた。

ちなみに、学校から屋敷までずっと玄次郎と手をつないで帰ってきた玲は、自室として割り当てられた部屋にこもってしまっていた。

「正座？　畳の部屋なら向こうに……」

「とにかく正座っ！」

「む……」

　咲耶の意図が分からない玄次郎だったが、彼女がものすごくご立腹だということを察知し、釈然としないながらもフローリングの上に膝を突いた。

「ご自分がなにをなさったか理解されていますか？」

　口調こそ丁寧なものの、その声には底冷えするものがあった。最愛の妹を弄ばれた怒れるお姉ちゃんの顔だった。

「もちろんだ」

　玄次郎は澄み切った瞳で言った。

「俺は玲が立派なお嬢様になるサポートをしたい。しかし学校での俺たちの立場はただの上級生と下級生だ。はたから見れば俺と玲の接点は乏しい。玲は目立ちたくないと言っていたが、これでは満足に玲を助けられない。だからみんなの前で、いかに彼女が俺にとって大切な存在なのかを伝えたんだ」

「……………本気でそれしか頭になかったんですね」

　ウソをつくでも言い訳するでもなく、堂々と言い切った玄次郎に咲耶は怒りを向ける先を見失う。

「しかしですね、あのような言い方をされては、玲《あきら》が目立ってしまうではありませんか」

「そうか？　俺が彼女を大切に思っているのだから、目立つのは俺ではないのか？」

「玄次郎さまに大切に思ってもらえる女の子……それだけで十二分に目立つのです」

「そう……なのか……」

「そうなのです」

咲耶はこんこんと説いた。

男性が女性に対して『大切な人』という単語を使ったら、それはもう親愛や友情の範囲では済まされないこと。

特に若い男女であればなおさらであること。

玄次郎の言動はもう愛の告白も同然であったこと。

最初はにわかに信じがたいという顔をしていた玄次郎も、咲耶が真剣に語る様子にようやく現実を受け入れた。

心底から想像していなかったように目を見開き、その驚きはやがて焦《あせ》りへと変化し、最後には反省に至った。

「……浅はかなことをしてしまった」

「分かっていただけましたか」

「あぁ、俺は愚かにもほどがある。玲の気分を害してしまった。俺などにいきなり告白されても迷惑なだけだろうに……」

「……本気でそうお考えですか？　玄次郎さまに大切な人だと言われたあの子が迷惑に思っていると？」

「当然だろう。まったく、面目ない……」

「はぁ……」

咲耶が盛大にため息をもらした。

あの子もまんざらな気持ちではないのが余計にややこしいですね——学校での出来事を教えてくれた時の玲の真っ赤な顔には、大きな困惑と恥ずかしさと、そして少しだけ微笑《ほほえ》みが入り交じっていた。

そのことを思い出すと、玄次郎を頭ごなしに糾弾するわけにもいかない咲耶だった。

「待っていてくれ。彼女に謝ってくる！」

「あ、玄次郎さま！」

言うが早いか玄次郎は立ち上がり、玲の部屋へと走っていった。

ややあって、遠くから話し声が聞こえてきた。

申し訳ない、とか。気にしてませんから、とか。ドア越しに玄次郎と玲がやり取りしているようだった。

たっぷり五分ほど謝った後、ようやく玄次郎が帰ってきた。

「いかがでしたか？」

「気にしていないとは言ってくれた。俺を許してくれるとも」

「ではとりあえず、内輪の問題は解決ですね」

「あぁ……だが他はそうはいかない。学校では誤解されたままだ」

自分の不始末だからと玄次郎はすべての責めを負うつもりだった。

「明日の朝すぐ、学校に行って訂正しよう。玲は決して大切な人ではないのだと彼女の名誉挽回《ばんかい》に……」

「そんなことしたら本当にわたくしは玄次郎さまを許しません」

まるで一夜にして玲が玄次郎に愛想《あいそ》を尽かされたみたいではないか——それこそ絶対に許せない咲耶である。

キッと睨み付けられ、さすがの玄次郎もたじろいだ。

「しかし、このままではみんなを勘違いさせたままだ。玲が学校で居心地が悪くなってしまう。なにもしないわけには……」

なにか自分にできることはないかと思案する玄次郎に、咲耶は小さめのため息をもらした。

「仕方ありません。もしも日本滞在が長引くような場合には、と考えていましたが……」

「手があるのか？」

「たいしたことではありませんが、玄次郎さまと玲のことを周囲が気にしなくなるくらいには効果があるかと」

「俺に手伝えることはあるか！」

「もちろんです。半分は玄次郎さまの肩に掛かっています」

「承知した！　どんな無理でもやり抜いてみせよう！」

汚名返上のチャンスだと玄次郎が意気込む。

はたして咲耶の作戦が始動した。

お嬢様（じつは庶民）、俺の家に転がり込む

玲
×
玄次郎

……先輩、反省しましたか？

ごめんなさい

本当に恥ずかしかったんですからね？みんながいる前で『大切な人だ』なんて……

本当にごめんなさい

しかもお姉ちゃんが止めてくれなかったら、次の日に訂正しようとさえしていたなんて……

俺が浅はかでした。ごめんなさい

……女の子のこと、勉強する気になりました？

必須科目として学習します

五章・愛ゆえに姉はギャルとなる

その日、桜峰《さくらみね》高校の二年生として一人の少女が転校してきた。

四月を過ぎて少しという時期の転校生は珍しい。誰もがそわそわとしていた。

そして朝のホームルーム、玄次郎《げんじろう》のクラスに担任が姿を見せると同時に、その少女が現れた。

「どもー！　二条咲耶《にじょうさくや》でっす！　みんな、よろ～！」

制服を着崩した褐色ギャルの登場に、クラスメイトたちのテンションは瞬《また》く間《ま》に最高潮に達する。

ただのギャルならまだしも褐色、ただの褐色ギャルならまだしも初登場からフレンドリーさ全開なのである。そんな少女が現れて心穏やかなわけがなかった。

『実在したのか……男にも分け隔てなく優しいギャルってやつが！』

『マジでマンガのキャラみてぇ……』

『背ぇ高いぃ……足長いぃ……。ずるいぃ……』

男子も女子も等しくキャラの強すぎる転校生に圧倒されていた。

そんな中、玄次郎だけが神妙な顔つきだった。

「あ、玄くんおひさ〜！」

咲耶がにぱーっと笑いながら手を振る。

今朝までと真逆のテンションの咲耶に思わず目眩《めまい》を覚えた玄次郎は、しかし事前に打ち合わせした通りに振る舞った。

「お、おぉ！　新学期に間に合わなくて災難だったな！　手続きの不備だってな！」

「そーなのー。もう最悪って感じ！　心配させてごめんね〜」

「だだ、大丈夫だ！　ささささ咲耶は、おお俺の大切な人だからな！」

「玄くんマジ紳士〜」

キャピキャピの咲耶に翻弄されながら、玄次郎は昨晩のことを思い出していた。

—・—・—・—・—・—・—・—・—・—・—

『女子高生ギャルとして転校します』

咲耶《さくや》の作戦を聞いた時、玄次郎は申し訳なく思いつつも彼女の正気を疑った。玲が落ち込んでいることに狼狽《ろうばい》して錯乱しているかと思った。

しかし咲耶はいたって冷静だった。

『もともと、落ち着いたら玲の学校に転入手続きをするつもりだったのです。日本の学生生活に興味がありましたから』

聞けば彼女が興味を持っていたという日本文化とは、マンガやアニメといったサブカルチャーのことだった。日本語がここまで上達した理由がこれだった。

しかしなぜギャルなのだ——玄次郎は問うた。

『いいですか玄次郎さま。今や玲はあなたの大切な人として認識されています。吐いた言葉は呑《の》み込めません。否定するという手段は採れないのです』

だから、と咲耶は言った。

『大切な人という言葉の意味をすり替えるしかありません。玄次郎さまは決して恋愛的な意味で使ったのではないと上書きするのです』

咲耶のシナリオはこうだった。

玄次郎の幼馴染《おさななじ》みということで咲耶が転入する。

玄次郎は咲耶に『大切な人』という言葉を使いまくりつつ、決して恋愛関係を窺《うかが》わせるような素振りは見せない。

特に親密な相手には大切な人という言葉を使うのが玄次郎の性格だと浸透させる。

最後に、玲が実は咲耶の妹だという設定を加えて、玲に『大切な人』という言葉を使ったのも恋愛的な意味ではないのだと納得させる。

『玄次郎さまにもご尽力いただきます。くれぐれも失敗なさいませんように』

慣れないことだが精一杯の努力をしようと玄次郎は頷《うなず》いた。

そして、やっぱり疑問だったことを繰り返し尋ねた。

なぜギャルなのだ――と。

再度の問いかけに咲耶は、珍しく頬を染めて視線を逸《そ》らし、小さな声で言った。

『………アニメの設定みたいで憧れがあったので』

―・―・―・―・―・―・―・―・―・―・―

「二条の席は雑賀《さいか》の隣だ」

「はーい」

担任に促された咲耶が指定された席に向かう。

そこは昨日まで岡崎《おかざき》という青年の席だった。サッカーに一途《いちず》に打ち込み、寝ても覚めてもサッカーのことしか頭にないような熱血キャラだった。

そういえば、とクラスメイトが声を上げた。

「先生、岡崎は？」

一瞬、身体《からだ》を硬直させた男性教師が一筋の汗を額から滴《したた》らせた。

「……サッカー留学することになった。今頃は飛行機の中だ」

「留学⁉　いきなりすぎるって！」

「急遽《きゅうきょ》、決まったことらしい。先生も知ったのは今朝だ。破格の待遇で招かれたみたいで、二つ返事で承諾したらしい」

「俺、最後にあいつに言った言葉って『来週までに貸してた千円返せよな？』だよ！　こんなことなら昨日のうちに返してもらうんだった！」

「そこは別れを惜しんであげなさい」

いきなりのお別れにいろんな意味で混乱するクラスメイトたちだが、これも咲耶が手を回した結果である。

アラム家の政治力と財力をフル活用し、玄次郎の隣の席を手に入れたのである。

玲《あきら》のためなら鬼にも蛇にもギャルにもなるのだ。

担任がにわかに緊張しているのも、彼自身、本当の事情を知らないからだった。出勤したらいきなり校長室に呼ばれ、そこで受け持つ生徒のサッカー留学のことを聞かされ、事情を聞き返そうとしたところに分厚い封筒を渡されていた。

軽く年収の半分はあろうかという重みに、彼はいろんな意味で黙るしかなかった。

「電話で声はよく聞くけど、こうして顔を合わせるのはいつぶりかな〜？」

玄次郎の隣に腰を落ち着けた咲耶が身を乗り出す。

「は、半年くらいか？　たた、大切な咲耶の顔が見られなくて寂しかったぞ」

「ごめんね〜」

「き、気にするな。大切な人だから気になっていただけだ」

「玄くん、ちょー優しー」

「はっはっは、惚《ほ》れたりするなよ？」

「あはは〜！　なにそれ、変なの〜」

玄次郎はとにかく明るく振る舞った。

大切な人というキーワードを多用しながら、決して男女の仲を窺わせないようフランクに接する。

あくまで友人関係、ちょっと他より親しいだけの相手だとアピールする。

クラスメイトたちは『雑賀ってあんな感じだったっけ？』と訝《いぶか》しむ様子もあったが、玄次郎がこれまで誰に対してもフレンドリーに接してきた実績もあって、仲が良《い》い相手だとこうなるのかもしれないなと思うようになっていた。

その雰囲気を敏感に察知した咲耶は作戦を次の段階へと移行した。

「そうそう、妹にはもう会った？　イッコ下の玲だよ」

「う、うむ。大切な咲耶の妹だ。挨拶しておくのは当然だろう。咲耶と同じくらい玲も大切な人だからな」

「さっすが玄くん、ちゃんとしてる〜」

その会話を耳にして、あちらこちらから『昨日のやつって……』みたいなヒソヒソ声が聞こえてきた。

やがて『そうだったのか』とか『そういうことね』みたいな呟《つぶや》きが広まる。

どうやら咲耶の作戦は成功裏に進んでいるようだった。

「それじゃこれからよろしくね、玄くん！」

「も、もちろんだ。大切な人よ！」

―・―・―・―・―・―・―・―・―・―・―


昼休み、すっかり人気者となった咲耶は人目を忍んで校舎裏に来ていた。

そこには先に玄次郎《げんじろう》が来ていて、その隣には薫子《かおるこ》がいた。

すでに玲には諸々《もろもろ》の事情を説明済みだが、もう一人、薫子には真実を伝えておいた方がいいという咲耶の提案だった。

「…………という事情なのです」

ギャルの格好のまま、普段の落ち着いた声のトーンで咲耶が説明した。

薫子は見た目と声のギャップにこめかみを押さえつつ、それでも頑張って目の前の事実を受け止めた。

「隣のホームルームがやけにうるさかったのはそういうことだったわけね。別に誰が転校してきたかなんて気になってないけど。女の子って聞いても別に気にしてないけど！」

しっかりと否定を入れつつ薫子が咲耶に向き直る。

「咲耶さん、だっけ。あなたも玄次郎に付き合わされて大変ね」

「これも玲のためです。玲が健やかに毎日をすごせるならば、これに勝る喜びなどありま

ファンタジア文庫の最新情報が満載
ファンタジア FANTASIA チャンネル CHANNEL
2023 6
伝説の魔王――
絶海の監獄島と化した
"横浜"に降臨する！
魔王2099
3.楽園監獄都市《メタユートピアシティ》・横浜
著：紫大悟 イラスト：クレタ
転生英雄と美少女達の華流戦乱ソードファンタジー、第3弾！
双星の天剣使い 3
著：七野りく イラスト：cura
35th ANNIVERSARY
ファンタジア文庫
毎月20日発売！
公式HP https://fantasiabunko.jp/
〒102-8177 東京都千代田区富士見2-13-3

ジア文庫6月の新刊
この美少女たち、
雑用職《サポーター》の俺がいないと
すぐに魔物に
やられちゃうんだが!?
この最強美少女パーティは、
雑用職《サポーター》の俺がいないとダメらしい
著:なめこ印　イラスト:小鳥遊啓
雑用職・イサナが所属するのは、ギルドで噂の超新星パーティ――その正体は残念問題児集団だった!? 魔物に突撃してはボロボロのドロドロになる美少女たちの代わりに、最強の雑用職が無双するしかないようです。
新作!
第35回
ファンタジア大賞
〈大賞〉受賞の
『推し』の救済と
再生の物語――
VTuberのエンディング、買い取ります。2
著:朝依しると　イラスト:Tiv
高校に復学した刈部業は、クラスメイトの美少女、影山花から「姉のために、女性との同棲疑惑で炎上したVTuberを引退させてほしい」という相談を受ける。さらに花は夢叶乃亜の足取りを教えると言い始め……。
※実際のカバーイラストとは異なります。
《並行世界》の己に
勝利した少年――
次は【次元】の支配者と
相対する。
異世界でチート能力《スキル》を手にした俺は、
現実世界をも無双する14
～レベルアップは人生を変えた～
著:美紅　イラスト:桑島黎音
《並行世界》から襲来した"刺客"をも撃退した天上優夜。様々な世界を滅ぼし続ける侵略者に対抗するべく、優夜は次元空間へと足を踏み入れるが――。そこで優夜が出会ったのは……世界線を超越した奇跡の『猫』!?
その他今月の新刊ラインナップ
・週に一度
クラスメイトを買う話 2
～ふたりの時間、言い訳の五千円～
著:羽田宇佐　イラスト:U35
・双星の天剣使い 3
著:七野りく　イラスト:cura
・VTuberなんだが配信
伝説になってた 7
著:七斗七　イラスト:塩かずのこ
・キミと僕の最後の戦場、
あるいは世界が始まる
著:細音啓　イラスト:猫鍋蒼

せん」

「玲さん……ね」

まだ玲のことを恋敵と誤解している薫子が小さく唇を噛《か》む。

咲耶の一計により、彼女と玲は晴れて堂々と、玄次郎の『大切な人』となった。

そこに異論を挟む者も疑問を抱く者もいない。

しかし、不満を覚える少女はいた。

「……ねえ、玄次郎。玲さんのことを大切な人って言ったこと、後悔してる？」

なんとなくという体を装《よそお》って薫子が尋ねる。

「そうだな。彼女の意に反した誤解を招いてしまった。言葉というのは難しい」

特に男女の仲はな、と玄次郎が答える。

「じゃ、じゃあさ……。もしもだけど、大切な人って言われても、ちっとも困らないような相手だったら……どう？」

「どう……と言われてもな。例えば？」

「その、あの……目の前にいる相手、とか……？」

モジモジしながら顔を赤らめる薫子が玄次郎の様子を窺う。

彼はまじまじと彼女の顔を見つめながら——ニヤリとした。

「またまた！　俺をからかおうとしているな？　同じ失敗は繰り返さないぞ」

俺と薫子は婚約破棄をした仲じゃないか——冗談はよせと玄次郎が笑う。

その一切悪びれる様子のない玄次郎に、薫子も盛大に肩を落とすしかなかった。

「……もういいわよ。このニブチン」

回れ右した薫子がトボトボと立ち去る。

その憔悴《しょうすい》した背中になにかを感じたか、咲耶が駆け寄ってそっと隣を歩いた。

「ご苦労をなさっているようですね、薫子さま」

「咲耶さん……」

「差し出がましいようですが、玄次郎さまを相手に回りくどい言い方は意味がないかと。あの方は周囲のいろんなことに対しては極めて敏感ですが、男女の仲となると呆《あき》れるくらい鈍感ですから」

「……よく知ってるじゃない」

「きっと今だけは、薫子さまのことを世界で一番に理解できると自負しています」

「ふふふっ……なんだか初めて会った気がしないわ」

「わたくしもです」

奇妙な友情を芽生えさせながら遠ざかる背中を玄次郎は見送った。

もう教室に戻ってもよかったが、まだやり残したことがあった。

「……なんで隠れているんだ？」

玄次郎が呼びかけると、大げさすぎるくらいの反応が返ってきた。

「ぎくぅ!?」

木陰からトボトボと姿を現したのは玲だった。

「す、すごいですね雑賀先輩。しっかり気配を消したのに……」

友達関係が壊滅している玲にとって、存在感を消すスキルは必須だった。

周りのみんなは楽しそうにしているのに、ポツンと独りだけの子がいる——たとえそれが真実だとしても、みんなからそう思われるのはイヤなのである。自覚するだけでお腹《なか》いっぱいなのである。

だからできる限り存在感を希薄にして自分を隠すのである。

たとえ独りぼっちだったとしても、周囲の誰も自分に気付かなければ『独りぼっちの女の子』などいないのだから。

しかし玄次郎は玲のカムフラージュを貫通してきた。

「気付くさ。なにか困っている人や不安に感じている人は特にね」

玄次郎は自分から相手の懐《ふところ》に飛び込んでいくことで人脈を広げ、顔を広げ、名を広げてきた。

何気ない日常の中で実践してきたが、相手がピンチの時は特に嗅覚が冴《さ》えた。

隠れたがっている玲はむしろ、玄次郎の目には輝いて見えるくらいだった。

「どうしてここに来たんだ？　薫子に諸々の事情を説明することは、もう伝えてあっただろう？」

「えっと……」

「気になることがあったのか？　なんだ、聞かせてくれないか？」

むしろ俺に手助けさせてほしいと懇願する勢いで玄次郎が尋ねた。

「雑賀《さいか》先輩に、どうしても伝えたいことがあって……」

おずおずと進み出た玲が不安げな表情で、でもしっかりと玄次郎の目を見つめて言った。

「……わたし、イヤじゃないです」

「なにがだ？」

「先輩に……大切な人って言ってもらえたこと、です」

その想定外の言葉に玄次郎は戸惑った。

「し、しかしあんなに顔を真っ赤にして怒っていたではないか……」

「あれはみんながいたからです。言ってもらえたことは……すごく、嬉《うれ》しかったです」

ポツリポツリと玲が心の内を明かす。

「わたし、残念な子です。自慢できることも、褒められるようなものもありません。自分じゃなにもしてこなかったんです」

人目を避け、注目を避け、ただひたすらに静かにすごす——そんな中学時代だった。

高校生になって変わろうとしたけど結局は自分はそのままで、このまま何事もなく空気な自分で三年間が終わるんだと思っていた。

そこに一石を投じてくれたのが玄次郎だった。

「そんな情けないわたしを、先輩は見捨てずにいてくれました。わたしなんかが隣にいたら先輩の邪魔になっちゃうのに」

「なにを言う。君は自分ではなく母親のために成長したいと言った。立派なお嬢様になりたいと言った。その心意気が情けないわけがない」

「はい……。先輩ならきっと、そう言ってくれますよね」

玲はそれが嬉しく、しかし一方で心にチクリと来るのだった。

玄次郎が誇ってくれるほど自分は立派なのか。立派になれるのか。それが不安だった。

目標だけは高く掲げているのに、そこに向かうための一歩を踏み出すのをためらっていた。玄次郎が導いてくれるのを待つだけの自分だった。

しかしそれでは彼の期待を裏切ってしまう——玄次郎に大切な人だと言ってもらえたことをきっかけに玲《あきら》は、自らの一歩で自分を変えようと決めた。

大切だと思ってもらえるに相応《ふさわ》しい存在になろうと心に決めたのだった。

その最初の一歩が、大切だと言ってもらえたことを率直に感謝する先の言葉だった。

今までの彼女なら恥ずかしくてうやむやにしてしまいそうだった気持ちを、形にして伝えることだった。

「わたし、もう恥ずかしがりません。もう目立つのがイヤだなんて言いません。雑賀先輩の気持ちに応えられるように……頑張ります」

静かな、しかし確かな決意を秘めた言葉だった
その真《ま》っ直《す》ぐで前向きな瞳が、玄次郎は我がことのように嬉しかった。

手を差し伸べた相手が、しっかりと手を握り返してくれる感覚——これ以上の喜びはなかった。

「任せてくれ。俺が持ちうるすべてを玲に投資しよう」

「そ、それで早速、ご相談なのですが……」

「ドンとこい」

「……霧山《きりやま》先輩のことなんです」

薫子からなぜか急にライバル宣言されてしまった件についてである。

それを聞いた玄次郎は――

「……なるほど。それは玲の中にお嬢様の片鱗《へんりん》を見つけたのかもしれない」

さもありなんと頷《うなず》いた。

「片鱗、ですか？」

「薫子も正真正銘のお嬢様だ。立派なお嬢様を目指す玲の心意気を見抜いたのだろう」

「な、なるほど！」

この場に咲耶《さくや》がいたら盛大にため息をもらしそうなやりとりを、玄次郎と玲は大真面目で繰り広げた。

「ライバルということは、いずれ勝負の時が来るということでしょうか？」

「いや、白黒つける必要はない」

薫子としては自分と玲のどちらが玄次郎に相応しいか、白黒はっきりさせるつもりなのだが――この場にいない彼女にはもちろん訂正のチャンスはなかった。

「互いに競い、互いを高め合う関係ということだろう」

「終わりのない努力ということですね」

「そうだ。位高ければ徳高きを要す《ノブレス・オブリージュ》……玲もその精神を持ち続けてくれ」

特別な地位に立とうとする人間に必要な心構えを玄次郎《げんじろう》が説く。

玲はそれに熱心に耳を傾けた。庶民だった頃には想像もしなかった険しい道だったが、それでも玄次郎に誇ってもらえる自分になるためならばと、心を引き締めた。

「が、頑張ります！」

「焦《あせ》る必要はないぞ。今日明日で到達するような目標じゃない。着実に進んでいこう」


——・——・——・——・——・——・——・——・——


「それじゃ玄くん、一緒に帰ろ～」

放課後、人前では完璧にギャルを演じる咲耶が玄次郎に歩み寄った。

玄次郎の幼馴染《おさななじ》みという立ち位置をすっかり周知させることに成功し、二人がつるんでいても特別視はされなくなっていた。

「分かった。では玲も一緒にだな」

「もち！」

二人で一年生の教室に迎えに行く。

また一人で手持ちぶさたになっているだろう——玄次郎も咲耶も、失礼とは思いながらそんなことを考えていた。

　だが玲の教室を覗《のぞ》き込んだ時、二人は我が目を疑った。

「あの転校生の妹だったんだ〜。そんなに似てないかも？」

「う、うん。よく言われる……かも」

「二条《にじょう》さんはギャルに憧れたりしないの？」

「ええ!? そ、そんなのわたしには無理だよぉ……」

　玲がクラスメイトの少女とおしゃべりしていた。どことなく緊張した面持ちでぎこちないが、ちゃんとコミュニケーションできていた。

　あれだけ自分は残念少女だと言っていた玲が——玄次郎も咲耶も、予想外の光景にしばらく声をかけられなかった。

「……あ。お姉さんが来てる。迎えに来たんじゃない？」

　おしゃべりしていた女子が咲耶に気付いた。玲も二人の方を振り向き、どこかホッとしたように一息つくと、鞄《かばん》を手にした。

「じ、じゃあ行くね！」

「うん。また明日《あした》」

　小さく手を振った玲が小走りで玄次郎たちのところへ向かう。

「玲、あなた……」

ギャルの演技も忘れた咲耶から素の声が出ていた。

「えっと……。あの子は春日山《かすがやま》さんです。その……」

どこか恥ずかしそうに、でも嬉しそうに玲が頬を緩ませた。

「わたしの初めての……友達です」


―・―・―・―・―・―・―・―・―

「勇気を出さなきゃって思ったんです」

屋敷に戻ってきた玲は、事の顛末《てんまつ》を玄次郎たちに伝えた。

「席が隣だったから、思い切って声をかけてみたんです。ものすごく緊張して不安だったんですけど……」

玄次郎に応援してもらうのに待っているだけでは駄目だ――それが玲が一歩を踏み出した理由だった。

高校生活が始まってからずっと独りぼっちだった玲が、すでに仲良しグループができつつある女の子に改めて声をかけていくのは並大抵のことではなかった。

ぞんざいに扱われるかもしれない。そもそも同じクラスだと思ってもらえていないかもしれない。

そんな不安を乗り越えて玲は勇気を振り絞ったのだった。

「おしゃべりしてみたら、ものすごく優しい子でした！　わたしのこと、独りが好きなクール系だって思ってたみたいでした。そんなふうに見られていたなんて意外です」

「なにはともあれ、間違いなくこれは成長だ」

玄次郎は満足そうに頷いた。

自分が背中を押したことで玲の成長を促せたなら、こんなに嬉しいことはない。

彼女の新たな一歩を自分が支えたのだと思うとこの上なく誇らしかった。

「はい！　雑賀先輩のおかげです！」

玄次郎と玲がお互いに和やかな雰囲気になる。

そうなると居心地が悪いのが咲耶だった。

ギャルの装《よそお》いから普段着に戻った彼女は、いつの間にやら親密度が増している二人に奇妙な感覚を抱いていた。

「雑賀先輩がみんなから信頼されている理由が分かった気がします。なんか、雑賀先輩に見守られているって思うと、自然とやる気が出てくるっていうのかな」

「結果は本人の努力の賜《たまもの》だ。俺がどうこうできることじゃないよ」

「ほら！　そういうところです。そうやって褒めてくれるところ」

「特別なことをしているつもりはないんだけどな」

「ふ、二人とも？」

心の中のモヤモヤを外に出すまいとするが、咲耶の声はどこかおぼつかなかった。

「ず、ずいぶんと意気投合しているみたいですね？　玲、わたくしの知らないうちになにかあったのですか？」

「なにかって……」

玲は昼休みのことを言おうか迷ったが、最後には口をつぐんだ。

自分が頑張ると決めたのだ。誰かにあからさまに主張することでもないし、声高に宣言するのはきっと、位高ければ徳高きを要すの精神にそぐわない。

玄次郎ならきっとそう言うだろうと玲は想像した。

「えっと……内緒、です」

「なっ⁉」

咲耶は愕然《がくぜん》とした。

自分には全幅の信頼を置いてくれていると思っていた愛する妹が、隠し事をしていると言っているのだ。

しかもその秘密には玄次郎が関係している。彼に憧れを抱いている妹が、彼との間で秘密を共有している。

それはもう咲耶の姉としてのアイデンティティーを破壊するほどの衝撃だった。

「玲が……わたくしの玲が……」

あの男に――玄次郎を睨《にら》む眼差《まなざ》しがにわかに鋭くなった。

「……ところで玄次郎さま。あなたがこの屋敷ですごすにあたって、一度しっかりと物事を取り決めておかねばならないと思うのですが」

どこか他人行儀な距離感をあからさまにして咲耶が言った。

「この家の主《あるじ》はあくまで玲であり、玄次郎さまは玲の好意でここに住むことを許されている……そうですね？」

「そうだな。俺は居候《いそうろう》だ。いろいろ頑張らせてもらう」

玲が自分に向けてくれる尊敬に甘えるつもりなどない。屋敷のことは一通り任せてほしいと玄次郎は提案した。

屋敷にメイドや執事がいた頃から、彼は折を見てはその仕事を手伝っていた。さすがに掃除洗濯を一人で担当したことはなかったが、ここに置いてもらっている以上は、そんな言い訳は許されないだろう。

どれだけ自分の負担が大きくなろうと、自分でやりきる決意だった。

「そうですか。では炊事洗濯、掃除に庭の手入れ……一切合切をお任せします」

「お、お姉ちゃん！　そんなの雑賀《さいか》先輩一人じゃ無理だよ！」

学校に通いながらそんなのできっこないと玲《あきら》が声を上げる。

そんなことは承知の上です——咲耶の狙いは玄次郎に苦労を押しつけることではなかった。

真の狙いは玄次郎に弱音を吐かせることだった。

いくらなんでも仕事が多すぎる。一人じゃこなせない。お願いだから助けてほしい。

そういった言葉を引き出して、仕方ありませんねと譲歩してあげるのだ。

さすればさすがの玄次郎も後ろめたさを感じるに違いない。少しは肩身の狭い思いをするに違いない。

そうすれば愛する妹は彼に愛想《あいそ》を尽かし、広い心で彼に譲歩してあげた姉を尊敬するに違いない。

なかなかのアイデアです——咲耶はほくそ笑んだ。

愛する玲を取り戻すためなら、咲耶は鬼にも蛇にもなるのである。

だが、唯一の問題点があるとすれば——

「いや、任されよう」

玄次郎はその程度のことで泣き言を並べるような性格ではなかったことだ。

「しょ、正気ですか？　ご自分だけでやりきれると？」

「難しいだろう。でも、やってみる前から諦めるのは性分じゃない。なに、最初はいろいろともたつくだろうが、慣れていくうちに効率も上がってくる」

「学校に行っている時間もあるのですよ？　学校以外の時間をすべて家事に費やすおつもりですか？」

「そうかもしれない……が、もしこの屋敷に住まわせてもらえなければ、今日明日の生活費を稼ぐためにアルバイト漬けの毎日だったわけだ。それと比べれば格段に楽をさせてもらえる」

「なんと……」

どこまでポジティブなのだと咲耶《さくや》は怒りも忘れて呆《あき》れていた。

しかし、そもそも屋敷を追い出される事態になってなお前向きだった彼なのだから、このくらいのハードルは低すぎたのかもしれなかった。

いったいどんな経験を積んだら若くしてここまで強くなれるのか——玄次郎の底知れな

い向上心に舌を巻くしかない咲耶だった。

「先輩！　だったらわたしも手伝います！」

「玲⁉」

そして事もあろうに、妹までもが咲耶の作戦に反旗を翻《ひるがえ》した。

「お母さんと二人暮らしだったから家事は得意です！　きっと力になってみせます！」

ふんすっと鼻息荒く玲が意気込む。

助けてもらってばかりの玄次郎《げんじろう》に、得意分野で恩返しできるチャンスが巡ってきて俄然《がぜん》やる気になっていた。

「ちょ、ちょっと待ってください……」

咲耶は焦《あせ》った。

このままでは玄次郎と玲がせっせと家事をこなす中、自分だけがリビングでのんびりする構造ができあがってしまう。

これでは逆に自分だけが蚊帳《かや》の外に置かれたみたいではないか。

「だったらわたくしも手伝います！　いいえ、手伝わせてもらいます！」

「いいのか？　俺に遠慮する必要な……」

「いーえ！　絶対に手伝いますからっ！」

気付けば家事をさせてくださいと懇願する咲耶がそこにいた。

かくして、屋敷の家事全般は三人で平等に分担することで落ち着くのだった。


—・—・—・—・—・—・—・—・—・—


霧山《きりやま》薫子《かおるこ》は困っていた。

雑賀玄次郎が二条《にじょう》玲という少女と仲良くなっていること——ではない。

それは確かに悩みの種なのだが、玲とは正々堂々と戦って玄次郎に相応《ふさわ》しいのはどちらか決めると誓った。

もちろん負けるつもりはないし、玄次郎をみすみす譲るつもりもない。そこには確かな自信があった。

ではこの瞬間、なにが彼女を一番に困らせているのか。

それは——

「薫子さま……わたくし、どうしたらよろしいのでしょうか……」

ギャルの格好をした咲耶からお悩み相談を受けている現状だった。

時は放課後、場所は屋上に続く上り階段のてっぺんである。

『ちょっちお話ししよ！　ねっ！』などと軽いノリで連れてこられた薫子に待っていたのは、一転して沈痛な暗い表情になった咲耶の心の叫びだった。

「……つまり。妹が玄次郎と仲良くなってしまって寂しい、と」

「…………はい」

「なんとかして妹を振り向かせたいけど、玄次郎が底抜けにポジティブすぎるから打つ手がなくなってしまった、と」

「…………おっしゃる通りです」

「良くも悪くもあいつの性格に毒されてるわね……」

嫌味を褒め言葉と受け止め、難癖を試練と受け取るのが雑賀玄次郎の人となりである。

彼にぎゃふんと言わせるには正面突破で打ち破るしかない——薫子は嫌というほど理解していた。

「玄次郎さまのことをよくご存じである薫子さまならば、良《い》い手立てを思いつかないでしょうか？　このままではわたくし、玲の姉としてあまりにも情けなくて……」

絶対に自分が玲の一番だと信じていたのに、それが根底から揺らいで咲耶は心が折れそうだった。

「まあ……一番なのは、勝とうと思わないことね」

「あ、玲を諦めろとおっしゃるのですか⁉」

「そうじゃなくて。玄次郎の立ち位置を奪うのは無理ってことよ。あいつは行動力と決断力と実行力の化け物なんだから。あいつと同じことをやろうとしても、絶対に先にこっちが白旗を揚げることになるわ」

正面突破で打ち破るしかないのに、打ち破れないのが玄次郎なのだった。

「張り合うだけ無駄ということでしょうか……」

「苦労ばっかりで実りは少ないでしょうね」

だから、と薫子は続けて言った。

「咲耶さんは咲耶さんにしかできないことをすればいい。玄次郎だけじゃどうにもできない場面が絶対にあるんだから。玄次郎に取って代わろうとするんじゃなくて、良い塩梅《あんばい》に棲《す》み分《わ》けができればきっと、玲さんとも良い関係を築けるはずよ」

「薫子さま……」

心の拠《よ》り所《どころ》を得たように、咲耶の瞳がうっすらと潤んでいた。

「……ありがとうございます、薫子さま。少し心が落ち着きましたわ」

「気にしないで。あいつに振り回される苦労は身にしみているから」

咲耶がいる場所は、かつて薫子も通った道だった。

「玄次郎さまのこと、本当によく理解していらっしゃるのですね」

「そりゃ、ね」

一度は許嫁《いいなずけ》同士だったんだから当然よ――そう呟《つぶや》いた薫子の横顔は、少しだけ寂しそうだった。

「…………後悔していらっしゃるのですね。玄次郎さまをフッたこと」

「へあ⁉」

いきなり核心を突かれた薫子の雰囲気が崩れた。

「なっ、なにを言い出すのよいきなり！」

「分かります。親に決められた相手……どんなに好きだったとしても、衝動的につい反発してしまったのですよね」

「どうしてあなたが知った顔してるのよ！」

「そういうシチュエーションの日本の恋愛マンガ、たくさん読んできましたから」

「一緒にしないでよっ！」

顔を真っ赤にして反論する薫子と、どこか微笑《ほほえ》ましく薫子を見つめる咲耶だった。

「はぁ、はぁ……。もういいわよ。教室に戻りましょう」

「はい。ご迷惑をおかけしました」

相談に乗ってもらったお礼に咲耶が丁寧にお辞儀する。それから両の掌《てのひら》で小さく頰をたたいた。

瞬間、妹の愛の行方に振り回されていた姉は姿を消していた。

そして代わって現れたのは――

「んじゃ、行こっか！」

「……ホント、切り替えるのすごいわ」

お嬢様(じつは庶民)、俺の家に転がり込む

玲
×
玄次郎

咲耶さんはすごいな……キリッとした普段の彼女とギャルの時とのオンオフが完璧だ

わたしもビックリです。お姉ちゃん、ものすごく自然にギャルになっていました

玲はやってみたいと思ったりしないのか？　普段の自分とは違う自分になるっていうのは……

むむむ無理です！　わたしじゃあんな可愛いギャルになれません！

いや、普段と違うっていうだけで、ギャルになってほしいと言ったわけでは……

ま、紛らわしいです！

しかし……ギャルの玲か……。ふむ

想像しちゃダメです！

六章・お嬢様への道

玄次郎《げんじろう》と玲《あきら》と咲耶の共同生活は、たいして時間がかかることもなく軌道に乗った。

自分が頑張らなければと玄次郎が雑務を一手に引き受けようとして、それを見かねた玲が精いっぱい手伝って、そんな妹を見かねた咲耶がサポートして、結果的に無理をしなくてよくなった玄次郎がさらに頑張って——といった好循環が生まれていた。

玄次郎がもたらした恩恵は決して小さくなく、これまでの生活習慣も生活様式も異なるはずの三人は、お互いに助け合うことで上手《うま》くやれていた。

悔しいが玄次郎の努力は評価に値する——咲耶も認めざるを得なかった。

空いた時間を使って律儀《りちぎ》にアルバイトを入れようとしていた玄次郎を引き留め、家のことをやってくれるならばと、心ばかりのお小遣いを渡していた。

そうして思いがけず余裕を手に入れた玄次郎は、本格的に玲への恩返しに取りかかることにした。

すなわち、彼女を立派なお嬢様に導くという使命である。

自分が父から受けた薫陶《くんとう》を玲に伝授する――誇らしく感じる一方で身が引き締まる思いだった。

（どこから始めようか……）

玄次郎は思案した。玲に一番に伝えたい大切なこと――位高ければ徳高きを要すの精神は、言葉であれこれ教えたところで分かってもらうのは難しい。

玄次郎自身、父の日々の言動を目の当《ま》たりにして学んだところが大きかった。

ならば彼女にも自分の言動から感じ取ってもらうか――少し考えたが首を振る。

彼女はごくごく普通の少女として今まで暮らしてきた。幼い頃から学ぶ機会に恵まれていた自分とは違うのだ。

ならばまず、二条《にじょう》玲という少女の人となりをよくよく理解しなければならない。

現在の彼女がどういう考え方の持ち主で、どういう価値観を持っていて、どういうことに喜怒哀楽を示すのか。

安易に近道を求めず、じっくりと育ってもらうべきだと玄次郎は決めた。

しかし、そうなると問題も出てくる。

（玲が素の自分を俺に見せてくれるか……だな）

先輩後輩という立場がある以上、どうしても自分の前では遠慮してしまうだろうと玄次郎は懸念《けねん》した。

そうとは意識していなくても、気付かないうちに人は他人の前では仮面を着けてしまうのである。

もっとも、いろんなタイプの人間と関わる機会が多かった玄次郎は、その仮面を見透かす能力がある程度は育っていた。

それを使って玲の仮面を見透かせば済む話ではある——が、なんとなく釈然としない。

彼女の本当の姿を見つける努力を怠っているような感覚があった。

努力を怠るというのは玄次郎が特に嫌いなことだった。

（…………よし！）

玲の素顔を見つけるために玄次郎は行動を起こした。


——・——・——・——・——・——・——・——・——


「……で、なんであたしのとこに来るわけ？」

とある日の休み時間、玄次郎は薫子の教室を訪れていた。

薫子は居心地が悪そうに身をよじって、クラスメイトからの視線を受け流す。

この二人がつるむというのは実は珍しい光景だった。

玄次郎は狙って特定の誰かと親密になる振る舞いはしてこなかったし、薫子《かおるこ》も複雑な乙女心にモヤモヤして人前で玄次郎に近づくことがなかったからだった。

元々は許嫁同士だと知らない生徒たちにしてみれば珍しい組み合わせだった。

「相談したいことがある」

「どーせ二条さんのことでしょ」

「なぜそう思うんだ？」

「分かるわよ、バカ……」

薫子がツンと口を尖《とが》らせた。

誰からも相談されるばかりの玄次郎から相談したいとなれば、それは彼が不得手としていること――つまり男女の仲についてだ。

今の彼にとって関心が高い女の子が誰なのか、想像するのは簡単だった。

「どうしてあたしなの？　あの子のことなら咲耶《さくや》さんに相談すれば？」

自分は彼女以上に玲との関係が希薄なのに――薫子は素っ気なく突き放す。

恋敵についての相談をされるなんて薫子にしてみればたまったものではなかった。

だが玄次郎には、そんな少女の恋心を察する能力が決定的に欠けていた。

「薫子が頼りなんだ。他の誰でも駄目なんだ」

そんな『君が俺にとっての一番なんだ』みたいな言葉を、そんなつもりもないのに言ってしまう玄次郎だった。

もちろん言葉そのものにウソはない。間違いなく玄次郎は薫子を頼りにしていて、彼女にしか相談できないと信じていた。

しかし、そんなセリフを薫子の前で言ったらどうなるか――

「…………ふ、ふーん。あたしじゃなきゃ、ね」

コロッと掌を返すのだった。

なにをどう取り繕ったところで、惚《ほ》れた弱みには勝てない薫子だった。

「しょ、しょうがないわね！　後で時間作ってあげるから、その時に聞くわ」

「助かる。ありがとう」

「ほ、ほら！　分かったらさっさと教室に帰りなさい！　もうすぐ授業が始まるわ」

そっぽを向きながら追い払うように手を振る。

その視線は遠く窓の外の空を眺めていて、口元は確かに緩んでいた。

放課後、玲と咲耶には用事があると言って学校に残った玄次郎は、改めて薫子の教室へと向かった。

まだ薫子以外にも生徒がちらほらと残っていたが、彼女は気にするなという様子で彼を招き入れた。

変にコソコソしても勘ぐられるだけ――薫子の目は暗にそう語っており、それを悟った玄次郎も視線だけで頷《うなず》いた。

「飾らない玲を知りたいんだ。彼女は俺の前だとどうしても、いろいろと遠慮してしまうみたいだからな」

玄次郎は明日の予定でも聞くような、何気ない声のトーンで切り出した。

彼が二条姉妹と懇意にしていることはすでに周知の事実であり、彼の発言そのものは周囲の生徒たちにも自然と聞き流された。

玄次郎は自分の目的――玲を立派なお嬢様へと導くこと――のためには、今の素顔の彼女を知っておきたいのだと語った。

「飾らない……ね。また難しいことを言ってくれるわ。女の子ってのはね、基本的にいつでも飾っているものよ」

女の子の素顔を見るのは生半可なことではない――薫子は釘《くぎ》を刺した。

「そうらしいな。ネットで少し調べてみたが、薫子と同じような指摘が多かった」

「でも、あんたは諦めないのよね？」

「そうだ。もちろん玲を傷つけるようなことをしてまで知りたいとは思わない。だが傷つけずに済むなら、その方法を採りたい」

「そうねぇ……」

薫子は考え込むように顎に手を当てた。

「美味《おい》しいものを食べている時、女の子だけでおしゃべりしている時、趣味に没頭している時……そういう時には少しくらい素顔が見られるかも」

「ふむ……楽しい時間をすごす時、という認識でいいか？」

「そうね、そんな感じ」

「玲に気分良くなってもらえばいいわけか……」

玄次郎もまた顎に手を当てて考えにふけった。

玲はどんな時に楽しくなってくれるのだろう。直接彼女に聞ければいいのだが、それだと結局は遠慮されてしまって元《もと》の木阿弥《もくあみ》だ。

どうやって女の子を楽しませればよいのだろう——未《いま》だかつて経験したことのない難問が玄次郎の前に立ちはだかっていた。

そんな、難しい顔をして考え込む玄次郎を横目で眺めていた薫子が、ふと大きなため息をもらした。

「なんでこんなことで難しく考えるかな……」

呆《あき》れたように肩をすくめた薫子が言った。

「遊びに連れて行ってあげたら？　玲さん、母子家庭だったたって聞いたわ。お母さんの代わりに家事もちゃんとやっていたって聞くし、遊びに行く機会が少なかったはずよ」

「しかしだな……」

薫子の言っていることは的を射ている。それは玄次郎も理解できる。

しかしそのアイデアには決定的な欠点があるのだ。

「……どう遊べばいいのだ？」

顔の広さは随一の玄次郎だが、相手全員と親密になれたわけではない。男友達と遊びに行ったことなら数えるくらいはあるが、女の子が相手となればゼロである。

休みの日は父である治五郎《じごろう》の仕事に同行して、勉強することに心血を注ぐのが玄次郎の常だった。

「そのくらいネットで調べればいくらでも出てくるでしょ……」

「ネットは確かに便利だ。だが正確性に欠ける。その真偽を確かめるのも難しい」

「真剣に考えすぎよ」

「そうか？　しかしネットの情報を鵜呑《うの》みにするのもな……。仕方ない。ネットで調べた上で、図書館に行って検証するか」

「…………冗談であってほしいけど、きっと本気なのよね」

玄次郎《げんじろう》との付き合いが長い薫子には分かってしまうのだった。

どうしよう──薫子は困った。

玲《あきら》と玄次郎が遊びに行くのを止めるつもりはない。それに、二人の仲を邪魔するような姑息《こそく》な真似《まね》は彼女の矜持《きょうじ》に関わる。

だからといって、進んで手を差し伸べる気にもならなかった。

なかったのだが──

「……やはり国会図書館に行くべきか」

「あーもう！」

どこまでもバカ真面目に脱線し続ける玄次郎に業を煮やした薫子が立ち上がった。

「女の子はね、自分のために一生懸命に頑張ってくれてるって分かったら、大抵のことは楽しめるもんなの！　だからつべこべ悩まずに、玲さんが喜んでくれるってあんたが信じることをやりなさい！」

「そ、それでいいのか？　あまりに無計画では……」

「あんたがいくら計画を練ったってまともなプランはできあがってこないわよ！」

「む……」

なかなか酷《ひど》い言い方だったが、自分でもなんとなく自覚していたので反論もできない玄次郎だった。

「……分かった。俺なりの礼を尽くしてもてなせばいいんだな」

「そういうこと！　言っておくけど、相手は普通の女の子なんだからね？　自分を基準に考えないように！」

「承知した」

相手の身になって物事を考えるのは玄次郎も得意である。残念ながらお悩み相談関係ばかりだったので、遊びに行くとかそういう方面で使ったことがないスキルであるが――しかし応用は利《き》くはずだと玄次郎は自分を鼓舞した。

「ありがとう薫子。やはり君に相談して正解だった」

「はいはい。そりゃどーも」

なんでこんな親切にしちゃうかな――ととことん玄次郎に甘くなってしまう自分を猛省しつつ、しかし彼に言われたありがとうという言葉が耳から離れてくれない薫子だった。

――・――・――・――・――・――・――・――・――・――・――


その日の帰宅後、夕飯の時に玄次郎は話を切り出した。

「ところで玲、今週末の予定は空いているか？」

「え……？　空いています、けど……」

唐突な質問に面食らいながらも玲が答えた。

春日山《かすがやま》さん――玲の初めての友達である――とはようやく第一歩を踏み出した段階で、休みの日に一緒に遊ぶのは玲にとってまだまだ高いハードルだった。

「では予定を空けておいてほしい」

「あの……なにをするんですか？」

「決まっているだろう。君にお嬢様になってもらうためのレクチャーだ」

「と、とうとう始まるんですね！」

ガタッと席を立った玲が笑顔の花を咲かせた。

「ここでの生活にも慣れてきただろうし、いいタイミングだ」

「が、頑張ります！　よろしくお願いします、雑賀《さいか》先輩！」

心を躍らせている玲に対し、その隣の咲耶《さくや》は複雑な表情だった。

（玲が望むことですから、仕方のないことですけれど……）

なんとなく、自分が除け者《のけもの》にされた感覚になってしまうのだった。

しかし——と咲耶は思い直す。

母が安心できるよう、立派なお嬢様を目指す妹の熱意は応援すべきものだ。

たとえ自分が頼ってもらえなかったからといって、その志を邪魔するのは姉のするべきことではない。

薫子《かおるこ》に教えてもらったように、玄次郎に張り合うのではなく自分なりの方法で玲を支えていこう——咲耶は少し寂しさを抱きつつも温かく妹を見守った。

だが。


—・—・—・—・—・—・—・—・—・—


「あ、遊びに行く……ですって……？」

翌日、例によって屋上に続く階段のてっぺんでは、薫子が咲耶からの相談を受けていた。

昨晩のことを話して、薫子に諭してもらったように妹を見守ることができましたわ——

と成果を報告した。

そこで驚愕《きょうがく》の真実を突きつけられたのだ。

「そ。玲さんをお嬢様に育てる一環だって。聞いてないの？」

「玄次郎さまはただ、予定を空けておいてほしいと……。玲をお嬢様に育てるレクチャーを始めるからと……」

「あー、そこだけ話したんだ。まあ、あいつにとってはそっち目的でしょうしね」

さもありなんと薫子が頷く一方、気が気でないのが咲耶である。

「若い男女が休日に二人で遊びに行く……。それはもう、デートではないですか⁉」

「世間一般にはそう呼ぶかもね」

けれど玄次郎のことだから、そんなつもりはないと思うけど——薫子がそれとなくフォローするが咲耶の耳には届かない。

彼女の脳裏では愛する妹の最悪のシーンが描かれていた。

「さ、最初は紳士的かもしれません。ですがお互いに一緒の時間をすごすうちに、少しずつ心を許していって、心を開いていって……さ、最後にはカラオケという密室でキスするのです！」

「最初のデートでそこまでいかないって。特に相手は玄次郎だし。咲耶さん、マンガやアニメの影響を受けすぎよ」

「いーえ！　密室というシチュエーションは男を変えてしまうのです！　紳士の顔をしていても、心の中ではオオカミが獲物を狙っている……そういうものなのです！」

「あの玄次郎に限ってそんなことは……」

「だって玲はあんなに可愛《かわい》いのです！　しかも玄次郎さまを尊敬しています！　そんな相手に迫られたら……」

キスだけで終わらないかもしれない――咲耶の顔が一気に青ざめた。

「こうしてはいられません！　絶対に阻止しなければ！」

「ちょっと待って！　そんなことしたら玲さんが悲しんじゃうってば！」

「構いません！　あの子の清く美しい身体《からだ》を守るためなら、わたくしは喜んで恨みを買いましょう！　アラム資産を突っ込んで！」

ギリッと唇を嚙《か》んだ咲耶が薫子を見つめた。

「薫子さま！　あなたにもご助力いただきます！」

「あたしが⁉　なんで⁉」

「玄次郎さまが行動を起こしてしまったのは薫子さまがきっかけではありませんか！　可愛い玲を守るため、ぜひっ！」

「ウソでしょ……」

とんでもないことになったと薫子は天を仰いだ。

今の咲耶は完全に我を見失っている。ここで断ろうものなら、それこそ本気でアラム家の力を使ってしまいかねない。

それはいろんな意味で面倒くさい。霧山《きりやま》家とアラム家の間でゴタゴタを起こすなんてまっぴら御免だった。

なんであたしは玄次郎に振り回されてばっかりなのだろう——やるせない気持ちでくたくたになりつつ、薫子は鬼気迫る咲耶に小さく頷《うなず》いた。

その日、誰にでも明るく気さくなはずの転校生ギャルが、なぜか不機嫌オーラ全開だったと生徒たちの間で噂《うわさ》になったのは言うまでもない。

―・―・―・―・―・―・―・―・―・―・―

約束の日の朝、玄次郎は屋敷の玄関で玲を待っていた。

「女の子は出かける準備に時間がかかる……ネットの情報は正しいようだな」

どこまで信用するかはさておき、ある程度のリサーチは済ませていた。一般的な高校生男女に人気のスポットを調べ上げ、どこをどのルートで巡るかもあらかじめシミュレーションしてある。

これで玲が楽しんでくれれば、きっと素の彼女を垣間見《かいまみ》ることができるだろうと期待していた。

「しかし、なぜ休日に出かける場合にだけ時間がかかるのか……。学校に行く時はさほど時間がかからないというのに」

薫子が聞いたら大きなため息をもらしそうなことで首を傾《かし》げる玄次郎だった。

「先輩っ、お待たせしました！」

玲の声に玄次郎は二階につながる階段を見上げて――思わず息を呑《の》んだ。

春らしさを感じさせるライトグリーンのスカートと、薄手の白いカーディガンをまとった姿に目を奪われた。

髪も少しアレンジしているのか、普段は前髪で隠れがちな目元も見える。うっすら化粧も施しているようだった。

「……なるほど。時間をかけるだけの意味はあるというわけか」

普段と違う玲の姿は妙に新鮮で、彼女がお嬢様へと羽化を始める瞬間を垣間見たような気持ちになった。

「先輩？」

「すまない、普段と違うので見惚《みほ》れていた」

「みほっ⁉」

ボンッと音を立てるように真っ赤な顔になった玲《あきら》が恥ずかしそうに身体をくねらせた。

「玲、お世辞に都度リアクションしていたら身が持ちませんよ」

彼女の後ろから咲耶が階段を下りてきた。玲のコーディネートを担《にな》ったのが彼女だった。

玲が流行のファッションやデザインに詳しいはずもなく、咲耶がおめかしさせていた。

「お、お世辞なんですか？　そうなんですか⁉」

「いやいや、俺は本気で……」

心なしか本気で怒っている玲をなだめていると、咲耶が彼女の肩に手を置いた。

「玲は素材が素晴らしいのです。ちゃんとした身なりをすれば美しくなるのは当然です。そんな口先の賛辞に惑わされる必要はありません」

咲耶は浮かれる玲を落ち着かせると、自分も靴を履いた。

「咲耶さん、どこか行くのか？」

玲の変身ぶりに目を奪われて気付かなかった玄次郎《げんじろう》だったが、よく見れば咲耶も外行きのおめかしをしていた。

「わたくしもご一緒します」

「先輩、お姉ちゃんもわたしのお嬢様特訓に付き合ってくれるんです！」

玲は純粋に咲耶と一緒にお出かけできて喜んでいたが、咲耶の方はなんというか――これから戦場に向かう兵士のようなギラついた目をしていた。

「可愛い妹のためです。わたくしにもお手伝いさせてください。もちろん……イヤだとはおっしゃいませんよね？」

疑問や意見を封殺するような迫力が、その声にはこもっていた。

玄次郎は一瞬だけ驚いたような顔になったが、すぐに気を取り直して頷いた。

「もちろん。玲が喜ぶんだから歓迎するよ」

咲耶は謝意を示すように少しだけ頭《こうべ》を垂れると、スタスタと玄関から外に出て行った。

すれ違いざま、彼女が小さな声で『オオカミ、オオカミ』と呟《つぶや》く声を聞いた玄次郎だったが、その意味するところは分からなかった。

「先輩、行きましょう！」

玲に促され、気を取り直した玄次郎も彼女に続いて外に出た。

先に行った咲耶の背中を見つけて追いかけ、屋敷の門を出ると――そこにもう一人いた。

「……薫子？」

「お、おはよ……」

咲耶の隣に、これまたおめかしした薫子が引きつった笑顔で立っていた。

「どうしたんだ、朝早くから？」

「いや……ね。ちょっと散歩をしたい気分になって、ぶらーっと……」

「薫子の家はここから結構遠いぞ。散歩するような距離では……」

「いいから散歩なの！」

「う、うむ……」

異論を挟む余地を与えない一喝だった。

「と、ところで三人はお揃《そろ》いでどこかに行くの？」

どこか棒読みっぽい口調で薫子が言った。

「はい。玲がお嬢様となる特訓のため、これから出かけるのです」

咲耶がすらすらと事の次第を説明する。

「へ、へぇー……。お、おもしろそー。あたしも興味あるなー？」

「では薫子さまもご一緒にどうですか？」

「わ、わーい。ありがとー」

「よろしいですよね、玄次郎さま？」

どこまでもぎこちない笑顔の薫子《かおるこ》の横で、どこまでも普段通りの咲耶《さくや》が振り向いた。

「俺は大丈夫だが……玲は？」

玄次郎は小声になって玲の意見を求めた。

玲は薫子からライバル宣言されたと言っていた。理由は本人から聞き出せていないが、上級生からそんなことを言われたら大なり小なり、緊張してしまうだろう。

今日は玲に楽しんでもらうのが目的なのだから、緊張させてしまっては駄目なのである。

「わ、わたしは……」

玲はチラチラと薫子の方を窺《うかが》いながら、小さくこぶしを握った。

「……だ、大丈夫です。霧山先輩が一緒でも頑張ります」

「いいのか？」

苦手意識が残っている玲にそっと問いかけるも、玲はしっかりと首を縦に振った。

「頑張るって決めたんです。霧山先輩のことは、その……ちょっと苦手ですけど……。でもきっと、仲良くなれるはずです。仲良くなってみせます」

先輩が誰とでも仲良くなれるように、自分もそうなりたいから——玲は昔の自分と決別するように言い切った。

その向上心が玄次郎には無性に微笑《ほほえ》ましかった。

誰かが頑張る姿は素晴らしい。それを自分がサポートできるならさらに素晴らしい。

まるで我がことのように玲の心の成長に目を細めてしまった。

「……よし。では行こうか」

玄次郎は三人に声をかけ、みんなを先導してエスコートした。

(あのさ、咲耶さん……。やっぱりあたしって邪魔者よね?)

(大丈夫です。玲も受け入れています。それに、ここで投げ出すなんてあんまりです)

(だってさぁ……)

(とにかく今日は二人で玲を守るのです。オオカミの牙から玲を守るのです)

(だから玄次郎に限ってそんなことないってば……)

そんな二人のヒソヒソ声は玄次郎と玲には聞こえないまま、暖かい春風の中へと消えていった。


―・―・―・―・―・―・―・―・―・―・―

「玄次郎、最初はどこに行くの？」

咲耶がそれとなく玲の注意を引きつけている間に薫子が囁《ささや》いた。

「最初は？」

「玲さんの素顔を見るために遊びに連れ出したんでしょ？　あんたが、その……い、いかがわしい場所に連れて行くとは思ってないけど、念のためよ」

あまりに咲耶が『男はオオカミ』と連呼したせいで、薫子も若干だが心配になりつつあった。

あの玄次郎に限って——という信頼は厚いままだが、しかし彼が年頃の男の子であるのもまた事実だった。

「うむ。映画館に向かう」

玄次郎が口にしたのは、繁華街にある大きなシネコンの名前だった。最新の映画から古い映画の再上映まで幅広いラインナップが揃っていると評判だった。

「オーソドックスだけどベターな選択ね」

玄次郎のチョイスに薫子はひとまず胸をなで下ろした。

ひょっとしたら社会勉強ということで工場見学や経済セミナーに参加するかもしれない——玄次郎なら大真面目にそうしかねないと心配していた薫子だったが、彼にも高校生の常識が備わっていたのだと安堵《あんど》した。

「見る映画は決めてあるの？」

「もちろんだ。チケットも購入してある。だがすまない。薫子と咲耶さんのぶんまでは用意していない」

「さっきの今で一緒に行くことになったんだもの。仕方ないわ」

自分たちはそれぞれ払うという薫子に、しかし玄次郎は困ったように眉根を寄せていた。

「なによ。別に玄次郎に払えなんて言わないわよ？」

「いや、うん……。なかなかの出費をさせてしまうな、と」

「そう？」

玄次郎の言いように薫子は首を傾げた。どんなに良《い》い席を取ったとしてもせいぜい二千円前後だ。ここまで彼が申し訳なさそうにする理由としては弱かった。

一文無しになったから金銭感覚も敏感になったのかしら――薫子はその程度にしか考えていなかった。

だが彼女は甘かった。

ついこの間まで高校生男女が遊びに行くという概念を持っていなかった男が、そう簡単に世間のレベルに合わせられるわけがなかったのだ。

―・―・―・―・―・―・―・―・―・―

玄次郎が選んだ映画は公開されたばかりのアクション洋画だった。

女の子が見るにはアグレッシブが過ぎるかもしれなかったが、玄次郎が玲をもてなそうとしてあれこれ悩んだ末のチョイスだと思うと、女子三人は大きな心で受け入れたのだった。

もっとも、母親である瀧奈《たきな》以外と映画に行ったことがない玲にとっては映画の内容なんて二の次で、玄次郎たちと一緒に映画を見るシチュエーションに瞳を輝かせていた。

映画を鑑賞すること二時間と少し。大迫力の映像と音楽を堪能《たんのう》した玄次郎たちはシアターから出てきた。

「す、すごかったです！　映画は何年かぶりでしたけど、音がズンッて響いてきてスクリーンが大きくて迫力があって……とってもすごかったです！」

玲は興奮冷めやらぬ様子で語彙力が低下していた。

「楽しんでもらえたようでなによりだ」

上映中、玄次郎はスクリーンを見るのもほどほどに、隣に座る玲を観察していた。素直にリアクションしてくれる彼女は眺めていて楽しかった。

コロコロと表情が変わって、喜んだり驚いたり悲しんだり怒ったり――ここまで徹底的に楽しんでくれる観客ならば映画の制作者も本望だろう。

(飾らない玲《あきら》を知りたいと思ったが……)

普段とさほど変わらない――これは玄次郎《げんじろう》にとっては嬉《うれ》しい誤算だった。

上級生である自分の前ではいくらか緊張することがあったとしても、その顔と素顔とに大きな違いはないのだろう。

二条《にじょう》玲という少女は裏表を持たない良い子だ――玄次郎は認識を新たにした。

「玄次郎、次はどこへ行くの?」

玲が売店のグッズ販売に注目している隙を突いて、映画の次のプランを薫子が問う。

するとと玄次郎は意外そうに目を丸くした。

「どこにも行かないぞ。次はこの映画を見る」

玄次郎はチケットを取り出した。二十分後に始まるミステリー邦画だった。

「……どういうこと?」

「ちなみにその後は恋愛ラブコメ、アニメ、時代劇だ」

続けざまに三種類のチケットを見せられ、薫子は青ざめた。

「まさか……今日のプランは映画だけ⁉」

「うむ」

口をあんぐりとさせた薫子に、玄次郎は自信たっぷりに頷《うなず》いた。

「高校生が遊びに行く定番は映画らしいな。だが玲の好みが分からず、かといって好きな映画を事前に聞くのも野暮だ。だったら全部見てしまえばいいと思いついたわけだ」

「一日で……映画五本……」

「しかも、いろんな映画を見てもらえば、その時のリアクションで彼女の素顔が見つけられる。一石二鳥というわけだ。まあ、すでに玲の人となりはなんとなく分かってしまったわけだが」

我ながら妙案だったなと自画自賛する玄次郎に、薫子はがっくりと肩を落とした。

なかなかの出費をさせてしまう――先ほど玄次郎が放った言葉の意味に気付いたのだった。

「薫子たちも次の映画のチケットを買って……」

「こないわよ！」

薫子は玄次郎の手からチケットを奪い取った。

「あんたね、映画だけで済まそうなんて横着しすぎ！　そんなことで女の子が喜ぶわけないでしょ！」

「な、なぜだ？」

「心の底から不思議だって顔をするんじゃない！　まったく、別の意味で一緒に来て正解だったわ……」

もし自分や咲耶がいなければ、この男は玲に五本の映画をハシゴさせていた——考えるだけでも彼女が不憫《ふびん》で仕方なかった。

「薫子さま、いかがなされましたか？」

不穏な空気を察知した咲耶が玲を気にしつつ近寄ってきた。

薫子が事の顚末《てんまつ》を説明すると、咲耶はこれまた呆《あき》れ返《かえ》ったようなジトッとした視線で玄次郎を眺めつつ、やはりがっくりと肩を落とした。

「一緒に来て正解でした。ええ、別の意味で……」

「なんだ。二人ともさっきから同じようなことを……」

彼女たちのリアクションの意味を理解できず玄次郎が混乱する。

そんな、周囲から見れば痴話喧嘩《ちわげんか》に間違われそうなあれこれを繰り広げていた頃、玲はというと——

「ぱ、パンフレットとか買っちゃおうかな……せっかくだし。お値段は……はぅ⁉　け、結構高い……。タマネギいくつ買えるかな……」

石油王の娘らしからぬ庶民的な金銭感覚と格闘していた。


―・―・―・―・―・―・―・―・―


結局、四人はシネコンから脱出した。

時刻はお昼の少し前で、昼食を取るにはちょうど良い頃合いだった。

「お昼にしましょう。知っている店が近いから電話してみるわ」

薫子《かおるこ》が連絡している間、パンフレットを手に上機嫌だった玲が、どことなく意気消沈している玄次郎に気付いた。

「先輩？」

「あぁ……いや。なんでもない。世の中、まだまだ勉強することばかりだと気付かされただけだ」

「あ、あの映画でそこまで深く考えていたんですか？　わたしなんて楽しいだけで頭がいっぱいでした……」

さすがは雑賀《さいか》先輩ですと褒めてくれる玲の真《ま》っ直《す》ぐな眼差《まなざ》しが、どうにも身にしみる玄次郎だった。

「忘れちゃいけませんよね。今日はわたしが立派なお嬢様になるための特訓だって」

「う、うむ……」

いつまでもへこたれているわけにはいかない——彼女の期待を裏切らないためにも、玄次郎は気を取り直そうと踏ん張った。

「席が取れたわ。行きましょう」

電話を終えた薫子が先導した。

店への道中、玄次郎は玲に話しかけた。

「玲、立場ある人間がやってはならないことはなんだと思う？」

「えっと……偉そうにふんぞり返ること、ですか？」

テレビドラマによく出てくる嫌味なお金持ちのイメージで玲が答えた。

「そうだな。そんなことをすれば誰しも心は離れていく。そんなことではみんなの信頼は得られない。当然、立派なお嬢様なんてなれるはずもない」

玄次郎は彼女の答えに頷きつつ、しかしと続けた。

「ではこういう人間がいたらどうだろう。ものすごくお金持ちで、誰にでもなんでも奢《おご》ってあげてばかり……。当然、周囲の人はその人のことが大好きだ。言えばなんでも買ってくれるからね。さて……この人は立派だろうか？」

「………良い人だとは思いますけど、立派かどうかは……」

玲は言いよどんだ。

素直に聞いただけなら立派に思えた。財産を独占するのではなく、周囲の人にも配って幸せにしている——とてもありがたがられるだろう。

しかし玄次郎がたとえ話にするのだから、額面通りの意味ではないのだと玲は察した。

「……そうだな。今の君の感覚は正しい」

玲の疑問を見抜いたように玄次郎が言った。

「一見しただけなら立派な人だ。誰に嫌われることもなく、誰からも好かれるだろう。しかし……はたして好かれているのはその人自身だろうか？」

「どういう意味ですか？」

「例えばお金が詰まったタンスがあって、鍵もついていなくて、引き出しを開ければ自由に中のお金を持っていけるとしたら……人々はそのタンスに感謝をするだろうか？　タンスのことを立派だと思うだろうか？」

「……いいえ。ラッキーって思うだけです」

玄次郎が言わんとしている意味が玲にもおぼろげながら理解できた。

「そうだ。人々はお金に感謝するだけだ。それを配ったのが人間だろうとタンスだろうと関係ない」

それでは駄目なのだと玄次郎は語った。

「立場ある人間は、その行いによって範を示さなければならない。そしてその行いとは、自らの努力と献身によってなされなければならない……俺はこう考える」

位高ければ徳高きを要す《ノブレス・オブリージュ》——それこそが人々から立派だと言ってもらえる条件ではないかと説いた。

自分はそうあろうとしてきたと語った。

「……そんなこと、わたしにできるでしょうか」

玄次郎が自分に求めていることのレベルの高さを悟った玲が呟《つぶや》いた。

「すぐに答えを見つける必要はない。いや、そうやって悩んでいること自体、立派なお嬢様を志すには大切なことだ」

「すごく難しいことなんですね……みんなから立派だって思ってもらうことって」

「そうだな。簡単な道ではない。だが少しずつの積み重ねが大切だ」

「毎日の中で気をつけることってありますか?」

あなたのような誰からも立派だと思ってもらえる存在になるために——彼女の瞳の中に

確かな決意を玄次郎は見つけた。

「俺が意識していたことは一つだ。こいつにちょっと相談してみよう……その人になにか困ったことがあった時に、真っ先に俺を思い浮かべてもらうようにしてきた」

「それって……」

玄次郎が全校生徒の顔と名前を把握し、逆に全校生徒に自分の顔と名前を売るようにしてきた意味がこれだった。

「そして、いざ相談されたら全力で応える。もちろん俺一人の手には負えないこともある。でも最初から無理だと諦めたことはない。頑張って努力して、それで達成できなかったとしても、その献身は無駄にはならない」

雑賀玄次郎という人間の人望はそうやって築き上げてきたのだ——その途方もない努力に玲は圧倒されるしかなかった。

「なんだか……立派なお嬢様になりたいなんて、すごく無茶なことのような気がしてきました。わたし、誰からも相談されたことありませんし……」

「大切なのは親身になること、そして受けた相談をちゃんと受け止める意思を示すことだ」

「でも……」

なおも自信をなくしたままの玲にどうしたものかと玄次郎《げんじろう》が思案していると、そこで目的の店に到着した。

百聞は一見にしかず。玄次郎はまず手本となることにした。

「では、ここで俺がやってみよう」

そこは雰囲気の良いイタリアンの店だった。

二十人も入れば満席になってしまうような、こぢんまりとした店だ。装《よそお》いも質素であり、客層も若者ではなく年配の人が多かった。

古き良きクラシックな雰囲気だった。

「いろいろシェアして食べましょう。とりあえずこれと、これと……」

窓際《まどぎわ》の席に案内されると、薫子が慣れた様子で注文していく。

十五分ほどで料理が到着すると、一同はほぅっとため息をもらした。

「良《い》い香りです……ますますお腹《なか》が減ってきちゃいました」

「そりゃあ、あたしが選んだ店だもの。味は確実よ」

トマトソースとチーズたっぷりのマルゲリータに、黒胡椒《こしょう》の風味が香《かぐわ》しいパスタ、フィレ肉のカルパッチョに彩《いろど》り鮮やかなカプレーゼ——どれも本格的なイタリアンだった。

盛りつけも目を楽しませるのに十分で、視覚と嗅覚でも食欲をかき立てられた。

「それじゃいただきましょう」

各々《おのおの》が好きに料理を小皿にとって口に運ぶ。女の子三人は他愛ないおしゃべりに花を咲かせ、玄次郎はそんな三人に適宜相づちを打ちつつ、料理の味と店の雰囲気を堪能《たんのう》していた。

そうして料理をあらかた平らげ、食後にティラミスを食している時だった。

玄次郎は玲《あきら》に目配せするとおもむろに席を立った。

トイレにでも行くのかと玲が思っていると、玄次郎は店のカウンター席に向かった。

そこには初老の男性がいた。客足が落ち着いて一息ついている店のシェフだった。

「ごちそうさま、実に美味《おい》しかったです」

唐突に話しかけられて一瞬驚いたような顔をしたシェフは、しかし玄次郎の率直な称賛に頬を緩めた。

「霧山《きりやま》さんのご友人ですね。あの方にはご贔屓《ひいき》にしてもらっています。楽しんでいただけたようでなによりです」

「彼女とは幼馴染《おさななじ》みでして。しかしこのような良いお店を隠し持っていたとは知りませんでした。あとで文句を言っておきますよ」

「はっはっは！　どうかご勘弁ください。こんな店がきっかけでケンカなんてもったいないです」

初対面だというのに、玄次郎は礼儀をわきまえながらもフレンドリーに話しかけていった。

自分よりずっと年下の玄次郎に最初は慇懃《いんぎん》としていたシェフも、だんだんと口調が砕けていった。

すごい――その様子を玲は観察していた。

ものの五分と経《た》たずに相手の警戒心をほぐした玄次郎の会話術というか距離感というか、そういう手練手管にただただ感心していた。

他愛ない会話を交わしていた玄次郎とシェフだったが、やがて変化があった。

「雑賀さん、でしたね。この店の雰囲気をどう思いますか？」

それまでの談笑から少しだけ声のトーンが落ちていた。

「好きです。イタリアンを堪能するにはちょうど良い。ただ惜しむらくは……大人しすぎると感じる人もいるかもしれません」

「や、やはりですか！」

前のめりになったシェフが話に飛びつく。

「ご贔屓のお客様が多いことは嬉《うれ》しいのですが、なかなか新しいお客様に来ていただけていないのです。わたしとしてはもっと忙しくなってほしいのですが……」

「なるほど……」

そこからしばらく玄次郎は聞き手に徹し、シェフが抱えるお悩みの数々に頷《うなず》き、相づちを打った。

残念ながら飲食業界のノウハウが玄次郎にあるわけではない。このシェフになにか解決策を提示できるわけでもない。

そんなことはシェフ自身も分かっていた。目の前の学生が名案をもたらしてくれるはずはない――それなのになぜか次々と玄次郎に相談していた。

そうしてたっぷりシェフはしゃべり続け、玄次郎はそれを聞き続けた。

「……っと、申し訳ありません。とりとめもないことを延々と。初対面の方にお話しするようなことではありませんな」

「いえ。シェフがこのお店のことを真剣に悩んでいるのだと伝わってきました。その情熱は素晴らしいものです」

「ははっ、面と向かってそう言ってもらえると、なかなか恥ずかしいものですな」

いろいろ吐き出してすっきりしたのか、シェフの表情はどこか朗らかだった。

こういうことなんだ――一部始終を目の当《ま》たりにした玲は理解した。

雑賀《さいか》玄次郎という人間がみんなから一目置かれる真の理由が見えた気がした。

彼のように人の心を開かせることが自分にできるだろうか――不安になった玲だが、すぐに首を振った。

玄次郎はそんな不安に臆することなく一歩を踏み出し続けているのだ――自分が目指す姿をそこに見つけた気がした。


―・―・―・―・―・―・―・―・―・―


食事を終えた一行はぶらりとショッピングに興じた。

薫子《かおるこ》が玲と咲耶《さくや》の手を引き、なにを買うでもなくなにを探すでもなく、ただその場の雰囲気でお店に入っていってはなにも買わずに出てくる。

そんな少女三人に玄次郎は物珍しそうな眼差《まなざ》しを向けていた。

（これが年頃の女の子の休日のすごし方なのか……）

待たされている身としては手持ちぶさただったが、こんな時間のすごし方もあるのかと新鮮な気持ちで眺めていた。

もっとも、少女三人を熱心に見つめ続ける玄次郎自身、近くを行き交う人たちからの奇妙な視線を集めていたことは言うまでもない。

一方その頃、咲耶と薫子は玲を着せ替え人形にして楽しんでいた。

「こっちが似合うって！　ほら、着てみて！」

「いいえ。玲にはこっちの雰囲気が合っています！」

二人であれこれ衣装を押しつけながら玲に迫る。

愛する妹を可愛《かわい》がる咲耶は当然だったが、薫子も気付けば一緒になって争っていた。

玲は玄次郎を懸けたライバルだったが、咲耶ばかりが玲を着せ替え人形にしている様子にうずうずしてしまい、衝動的に参戦してしまっていた。

「ほらっ、やはりこちらの方が似合っているではありませんか！　わたくしの見立てが正しかったのです！」

「くっ……これは確かに。あたしが見誤っていたわ……」

更衣室の中の玲を見つめた二人がそれぞれ勝者と敗者の弁を述べる。

そんな二人の勢いに呑《の》まれた玲は困ったように苦笑いするしかなかった。

「では買ってきます。しばしお待ちください」

玲が脱いだ衣装を手に咲耶がレジへと向かう。玲と薫子の二人になった。

「今更《いまさら》だけど、無茶させちゃってごめんなさい」

いくらか冷静になった薫子が謝る。

「い、いえ！　こうやって誰かと買い物なんて、お母さん以外で初めてだったので……楽しかったです！」

「あなた……良い子ね」

つくづく二条《にじょう》玲という少女の純朴さというか純真さというか、素直なところに感動する薫子だった。

（でも……）

そこでふと薫子は、玲と出会った日の昼休みのことを思い出した。

あの時、玲は全力で『玄次郎が好きだ』と主張した。疑いようのないほどに断言した。その真剣な眼差しに薫子は玲をライバル視することになったのだが——今の目の前の少女はどうだろう。

ちっとも気負っていない。玄次郎を奪い合う相手だという警戒心もない。

薫子が心配になるくらいに心を開いてくれていた。

「ねえ、初めて会った日のお昼休みのこと、覚えてる？」

ふと薫子が切り出した。

「えっと……中庭でのことですか？」

「そう。あなた、玄次郎《げんじろう》のことは嫌いじゃないって言ったわよね？」

「ち、違いますよ！　す……好きだって言ったんです！」

向こうで待っている玄次郎に聞かれまいと、玲が小声で答えた。

「どこらへんが好きなの？」

「な、なんでそんなこと聞くんですか？」

「ちょっとした確認よ。ほら」

「うぅ……」

薫子の圧に負けた玲がものすごく小さな声で答えた。

自分と違ってポジティブなところ、自分と違って友達が多いところ、自分と違って行動力があるところ——などなど。

そのどれもが恋愛感情というよりは尊敬や憧れに近かった。

「ひょっとしてだけどさ……。あなた、嫌いじゃないイコール好きって思ってる？」

まさかと思いながら薫子が問う。

「え？　違うんですか？」

絵に描いたようなキョトン顔がそこにあった。

「ウソでしょ……」

懸念《けねん》が的中した薫子は天を仰いだ。

確かに嫌いの反対は好きだ。しかし両極端しかないわけではない。その間にはいくつもの段階がある。

例えば一方では恋人として好き、あるいは友達として好き、そして知り合いとして好き。もう一方では恋人にしたくないくらい嫌い、友達になりたくないくらい嫌い、知り合いなのを止《や》めるくらい嫌い。

いくつも段階があって、人はそれを使い分けている。

だが、いちいち『あの人のことは友達として好き』とか『知り合いを止めたくなるくらいには嫌い』とか丁寧に言ったりしない。

相手との日常会話の中で『この人ならこういう意味で言っているのだろう』となんとなく察するのだ。

だが、玲にはこれまで友達がいなかった。なんとなく察するという経験が皆無なのだ。

そうなると彼女は単語の意味をストレートに理解するしかない。好きと言ったら百点満点の好意だし、嫌いと言ったら親愛度ゼロの敵意なのだ。

（つまりこの子が玄次郎を大好きって言ったのは……）

　恋愛感情の意味ではないのだ——薫子は理解した。

「あの……霧山《きりしま》先輩？」

「ごめんなさい。自分の愚かさに呆《あき》れていただけよ」

　ずいぶんと遠回りをしてしまったと、薫子はがっくりと肩を落とした。

　そしてすべてが自分の勘違いだと理解した上で、これまでの玲《あきら》の言動を思い返してみた。

「……あたしが一人でバカやってただけじゃない」

　玲に邪《よこしま》な気持ちなんてこれっぽっちもなくて、あるのは母親への感謝と、立派なお嬢様への憧れと、玄次郎への尊敬だけ。

　シンプルな正解が最初からそこにあったのだ。

　それなのに——

「ダメね。いろいろ見えてないわ」

　猛省する薫子だった。

　この大きな失点をどうやって挽回《ばんかい》すればいいのか。玲にも玄次郎にもいろいろと迷惑をかけてしまった償いをどこに求めるべきか。

　自然とたどり着いた答えは、その二人が等しく目指す場所だった。

「玲さん、立派なお嬢様になりたいのよね？」

「そ、そうです！　お嬢様です！　頑張ります！」

意気込みを語る玲に薫子は目を細めた。

自分にとっては単なる単語に過ぎないお嬢様という言葉が、彼女が口にすると妙に崇高な響きに聞こえた。

「あたしも手伝わせてもらっていいかしら。玄次郎ほどの力にはなれないだろうけど、やらせてほしいの」

お嬢様(じつは庶民)、俺の家に転がり込む

玲
×
玄次郎

なんだか急に薫子と打ち解けたんじゃないか？

そうなんです。霧山先輩がなにか勘違いしていたらしくて、それでわたしをライバルだ、なんて思っていたらしいです

薫子もそそっかしいところがあるんだな。大抵のことは完璧以上にこなすのに

詳しくは教えてくれなかったんですけど、急に親身になってくれるようになりました

薫子も間違いなくお嬢様だ。彼女から学べるところも多い。仲良くしていこう

はい、頑張ります！

▼
▼
▼
▼
▼
▼

七章・デビューは社交界

玲と薫子の間の行き違いが解消してしばらくして、薫子が玄次郎たちの屋敷を訪れた。

「玲さん、パーティーに参加してみない？」

リビングに通された薫子が開口一番に言った。

「霧山の家が招待されてる、ちょっとしたパーティーがあるの。父さんが招待されてたんだけど都合が悪くなっちゃってね。代わりに参加してくれって頼まれたの。本当なら行きたくないんだけど、霧山を代表してってなると断れなくてね……」

霧山家の一人娘としての責任から逃げるわけにはいかない薫子だった。

「どうかしら？　もちろん咲耶さんも一緒に」

「えっと……どなたかのお誕生日なんですか？」

これまでパーティーといえば、幼い頃に瀧奈《たきな》に祝ってもらったお誕生日会くらいしか経験のない玲だった。

小学生低学年の頃はまだ人見知りも激しくなく、友達を呼べていたのだが、学年が上がるにつれてだんだんと残念っぷりを発揮して瀧奈と二人だけで祝うようになっていた。

「大人たちの社交界よ。人脈を広げたり次のビジネスの種を見つけたり。集まるきっかけはなんでもいいってわけ」

「そ、それが大人のパーティーなんですね……ごくり」

年に一回の誕生日ですら友達を呼べない玲にとって、特段の理由もなく人が集まるパーティーというのは想像のはるか先の出来事だった。

「幹事にはあたしの学友ってことで通すわ。いろいろ経験しておくのもお嬢様を目指す上では損にはならないと思うし、立場がキチンとした人たちばかりだから不愉快な思いもしないだろうし……どうかしら？」

「えっと……その……」

誘われた玲はすぐに返事ができなかった。

位高ければ徳高きを要すの心得を玄次郎から学ぶようになってまだ日が浅い。それなのにいきなりの実地訓練に放り込まれるのだ。

そんな場所に自分が出て行って無様な失敗をしないか不安だった。

「わたし、作法とかお行儀とかよく分からないですし……。きっと、誘ってくれた霧山先輩にも迷惑をかけちゃうかなって」

「じゃあ、止めておく？」

「はい、今回はそうさせて……」

「いいじゃないか！」

断ろうとする玲を遮ったのは玄次郎だった。

「俺がどれだけ手本を見せたところで、玲に実践するチャンスを作ってあげることはできない。なにせ無一文だからな。そういう意味では薫子《かおるこ》の提案は実にありがたい！」

薫子の与えてくれた機会を活《い》かすべきだ——玄次郎は熱弁した。

「で、でも！　絶対に変なことしちゃいますって！　きっとみなさんからクスクス笑われちゃいますって！」

「……そうか」

玄次郎が残念そうに顔を伏せた。自分なら絶対に行くのに——その一言をどうにか呑《の》み込んだ。

普段は絶対に交わらない人々と出会えるならば、玄次郎なら断る理由はない。

どれだけ失態を晒《さら》すリスクがあったとしても、それを補って余りある収穫が期待できるからだ。

しかしそれはあくまで彼の判断基準だ。それを玲に押しつけるわけにはいかない。

無理強いしては意味がないのだ。彼女には自分の意思で一歩を踏み出してほしい。誰に指図されるでもなく、勇気を出して自分からクラスメイトに声をかけて友達を作った時のように——だから玲を見守ると決めた。

そんな彼の決心はなんとなく玲にも伝わっていた。

普段ならもっと強く促してくるだろうに、自分の判断を尊重してくれているのだと察した。

それだけ、この選択の意味が大きいのだと分かった。

自分の未熟さを心配して退くか。無謀と分かっていて進むか。

「あの……霧山先輩。少し考える時間をもらっていいですか？」

葛藤する様子の玲に薫子は小さく頷《うなず》いた。

帰る薫子を玄次郎《げんじろう》が見送っている間、玲は咲耶《さくや》に相談していた。

「お姉ちゃん……霧山先輩が言っていたようなパーティーって、行ったことある？」

「そうですね……」

アラム家の末子として、そういった晴れ舞台にはたびたび立ったことがある咲耶だった。

「どんな感じなのかな？　やっぱりキラキラしていて豪華な感じなのかな？」

「賑《にぎ》やかで和やかではありました」

「そうだよね……。そんな場所にわたしなんかが交じっていたら、きっと逆に目立っちゃうよね……」

立場だけはお金持ちの娘となってしまった残念な子で、おしゃべりも苦手だし人付き合いも苦手だし――そうやって自分を卑下する玲を、咲耶はそっと抱き寄せた。

「わたくしの自慢の妹のことを、そんなに悪く言わないでください」

「自慢って……だって、なんにも誇れるものなんてないよ？」

「いいえ、間違いなく自慢の妹です」

咲耶は断言する。

もちろん、義姉になった当初からそう思っていたわけではない。最初は玲のことを可愛《かわい》くて仕方ない妹だと思っていて、しかし逆に言えば、そうとしか思っていなかった。

しかし玄次郎との時間が玲を変化させた。

安易に甘えず、低きに流れず、母に楽をさせたい一心で立派なお嬢様を目指すようになった。

そこにいたのはただ愛らしい義妹ではなく、高い目標に向かって邁進《まいしん》する愛らしい義妹だった。

「わたくしは玲の決断を尊重します。どういう判断を下したとしても、玲が決めたことであればわたくしは賛成します」

「お姉ちゃん……」

咲耶もまた自分の意思を尊重してくれている――玲はその気遣いが嬉《うれ》しくて、だからこそ自分で決めなければという思いを強くした。

「うん……わたし、悩んでくる。すごくすごく悩んでくるね」

「ええ、頑張ってらっしゃい」

自分の部屋へと戻る玲を、咲耶は温かい眼差《まなざ》しで見送った。


たっぷり一時間が経《た》ったころ、玲がリビングに戻ってきた。

彼女を待っていた玄次郎と咲耶は、しかし答えを聞くことはしなかった。

玲の瞳にはすでに、強い決意の炎が灯《とも》っていた。


―・―・―・―・―・―・―・―・―・―・―

薫子に誘われたパーティーまで残りわずかとなり、玲は玄次郎や咲耶から礼儀作法を学んでいた。

これまでに経験ない事態に四苦八苦する玲《あきら》だったが、それでも玄次郎たちの応援を無駄にしてはならないと、必死に吸収していった。

そんな苦労の甲斐《かい》あって、どうにか初歩的なことは頭にたたき込むことができた。

しかし外見はいくら繕えても、中身まではなかなか上手《うま》くいかないもので――

―・―・―・―・―・―・―・―・―

「一緒に来てください！」

パーティー前日、玲は全力で懇願していた。

相手は玄次郎だった。

「いや、招かれたのは玲と咲耶さんだけ……」

「わたし頑張りますから！　一生懸命に頑張りますから！　だからせめて、近くで見守っていてください！　そうしたらきっと、わたし……もっと頑張れますから！」

心の拠《よ》り所《どころ》として玄次郎にもパーティーに参加するよう訴えたのだった。

「まいったな……」

今回、玲と咲耶はアラム家の名を隠してパーティーに参加することになっていた。あくまで薫子の学友という立場である。

アラム家のことが明らかになると騒ぎになってしまうとの配慮からだった。

しかし玄次郎はどうだろう。

雑賀《さいか》グループの御曹司である彼の顔を知っている人は多い。玄次郎自身が学校内に限らず自分の顔を売るように振る舞ってきたのだから仕方なかった。

つまり彼の素性は隠せない。隠したところですぐに誰かが正解にたどり着いてしまう。

失脚した雑賀治五郎《じごろう》の息子が紛れ込んでいるぞ――と。

そうなるとちょっとした騒動になるだろう。パーティーどころではなくなるかもしれない。

玲のせっかくの晴れ舞台なのに、玄次郎のせいで台無しになるのは避けたかった。

「近くにいないとダメか?」

「ダメです!」

「ふむ……」

玲が勇気を出した以上は応えてあげたい玄次郎は、どうにかならないかと思案する。

自然にパーティーに入り込めて、しかし誰にも正体がバレずにすむ方法――

「……そうか」

ふと思いついた玄次郎は薫子に電話をかけた。

内容は単純、自分をパーティー会場に紛れ込ませてほしいこと。

もちろん薫子は玄次郎と同じ心配をしたが、そこで彼の作戦を聞くと、パーティーの運営部署に掛け合ってみるとの返事がもらえた。

なにを話したのだろう――通話を終えた玄次郎に玲が尋ねた。

すると彼は得意気な顔で答えた。

「言っただろう？　家事は苦手ってわけじゃないんだ」


――・――・――・――・――・――・――・――・――


「はい、お待たせ」

パーティー当日の夕方、予定の時間ピッタリに薫子が屋敷にやってきた。

玄関に車を横付けすると、窓を開けて声をかけた。その身をフォーマルなドレスで包み、派手になりすぎない程度のアクセントとしてイヤリングも身につけていた。

「今日はよろしくお願いいたします、薫子さま」

咲耶が丁寧に一礼する。

「こちらこそ。玲さんも……準備は万端みたいね」

「は、はい！」

いくらか緊張した面持ちで玲が答えた。

玲も咲耶もこの日のために新調したドレスを身につけていた。お揃《そろ》いのデザインで色違いである。

「うん。ちゃんと様になってるわ、玲さん。咲耶さんの方は……もう慣れたものかしら？」

自然に着こなす咲耶と、どこか衣装に着られている感がある玲を見比べて、薫子は小さく笑みをこぼした。

「それじゃ行きましょうか。会場までは一時間くらいかしら」

玲たちを乗せた車が出発する。

「会場に着くまでに、玲さんにちょっとレクチャーしておくね」

助手席の薫子が、後部座席の玲に話しかけた。

「あたしたちがこれから参加するのは学生のパーティーじゃないわ。前にも言ったように、人脈を広げたりビジネスの種を見つけたりする場所よ。なんだったら出された料理に手を

付けないことも多いわ」

「えっ！　そんなのもったいないです！」

ドリンクを手に肩を組んで盛り上がって、大声で合唱して笑い合って、ちょっとした合間に料理をつまんで空腹を満たす——これが玲の想像するパーティーである。

それなのに料理に目をくれないなんて、一般庶民の玲には難しすぎる世界だった。

「いろんな分野のいろんな人が集まるからね。食事なんてしている暇はないんだよ。人脈を広げるために、とにかくたくさんの人に話しかけて、とにかくお話しするの」

「でも……初対面で会話が続くんですか？」

「そこを無理にでも続けるからお仕事なの。普通なら面会できないような相手でも、アポなしで面会できるんだからね。さて、そこで玲さんの出番です」

薫子《かおるこ》が本題に入った。

「パーティーに来るのは大人だけじゃなくて、その家族もやってくる。あたしたちと同世代の子は、大人みたいにお仕事でおしゃべりはしないけど、それでも人脈を広げたいとは思っているからね。だから玲さんにも間違いなくお声がかかるわ」

「そこでちゃんとした受け答えをしないと恥をかく……ってことですか？　けれどわたしは……」

「素性なんて些細《ささい》なことよ。大切なのはね、自分はこういう人間なんですって説明できるかどうか。黙っちゃうのが一番ダメ」

黙ってしまう相手とは人脈が築けない——そう判断されて関係が終わってしまうのだと薫子が注意した。

「人脈を広げるなんて……。わたしはただ、立派なお嬢様になりたくて……」

「玄次郎《げんじろう》の期待に応えたいんでしょ？　だったら華麗に受け答えする姿をあいつに見せてあげなきゃ」

頑張る自分を見守ってほしいんでしょ——薫子が問いかける。

「…………はい！」

玲はこの期《ご》に及んで尻込みするのは止《や》めた。

もうチャレンジすると決めたのだから、後戻りするようなことを考えても仕方がない。

立派なお嬢様を目指す玲にとって、今度のパーティーは一つのきっかけだ。

立派なお嬢様に近づくための大切なステップになるのだ。

だったら精いっぱい実りあるものにしたい——そう覚悟を決めた。

「わたしのことをちゃんとお話しできるようにするんですね！」

「そうそう、その意気よ」

「でも でも、相手にお話しできるような身の上話とか、わたしまったく持っていないんですけど……そういう場合はどうすればいいですか？」

転落の小学生時代、暗黒の中学生時代とも話題にして楽しんでもらえるようなエピソードはなにもなかった。

「痛すぎる逸話とか話してあげたら？　意外と興味を持ってもらえるかもよ？」

「そんなぁ」

「薫子さま、お戯《たわむ》れはそのへんで」

からかわれていると気付かず悲嘆に暮れる玲を守るように、咲耶《さくや》が割って入った。

さて、三人がそんな感じでかしましくしている頃、玄次郎はというと――

――・――・――・――・――・――・――・――・――・――

パーティー会場になっているホテルの大ホールに、ギャルソンベストを身につけた大人たちが整列していた。

ホテルの従業員が大部分と、今日のために雇われたバイトが少し。

そのバイトたちの中に玄次郎がいた。

髪型をいじって伊達《だて》メガネをかければ、普段の彼とは雰囲気がだいぶ違っていた。

パーティーの参加者に紛れ込むのは難しいが、スタッフに紛れ込めば気付かれないのではないか――玄次郎はそう思い立って、このアルバイトに潜り込めるよう薫子に掛け合ったのだった。

「それでは分担を伝えます！　一番グループはご来賓のお出迎えとご案内を、二番グループは料理の配膳と給仕《きゅうじ》、三番グループは……」

取り仕切っているリーダーから各々《おのおの》の役割が伝えられた。玄次郎は配膳と給仕のグループになるよう調整済みである。

これならば玲を近くから見守ることができそうだった。

（しかしアルバイトか……。玲たちに拾ってもらえなかったら、きっと毎日がこうやって働きづめだったんだろうな）

自分の身に舞い降りた幸運を噛《か》みしめつつ、玄次郎は仕事に取りかかった。


――・――・――・――・――・――・――・――・――

玲たちがパーティー会場であるホテルに到着したのは、陽《ひ》が落ち始めようかという午後六時前だった。

すでに他の参加者も集まりつつあって、エントランス前は多くのタクシーや車でごった返していた。

(今からこの中に飛び込むんだ……)

エントランスが空く順番を車の中で待ちながら、玲《あきら》は軽く目眩《めまい》を覚えた。

人間ランキングで自分よりずっと上位の人間ばかりが集まっているのである。居心地の悪さが今から胸にこみ上げていた。

(ダメダメ、元気出していかなきゃ!)

軽く頬をパンパンとたたき、気合いを入れ直す。

会場ではどこかで玄次郎も見守ってくれているのだと自分を奮い立たせた。

「そろそろ順番だね。降りましょう」

薫子に言われて気付けばエントランスの正面に車が来ていた。

「お待ちしておりました、霧山《きりやま》様」

ホテルのドアマンが恭《うやうや》しく頭を下げながら車のドアを開いた。助手席から薫子が降り、後部座席から玲と咲耶も降りる。

慌ただしくしないよう、ゆっくりと余裕を持って足を地面に下ろした。

「まずは受付ね。前にも言ったように、二人はあたしの学友ってことで説明してあるから」

「学友……なかなかお嬢様っぽい響きですわね」

「ま、学校じゃ使わないね」

薫子と咲耶が他愛ないおしゃべりをしながら歩く後ろを、玲も遅れまいとついていった。


「す、すごい……」

パーティー会場となる巨大ホールに立ち入った玲は、思わず息を呑《の》んだ。

慎《つつ》ましくも煌《きら》びやかな装飾が施され、所々に生け花や絵画も飾られている。いくつも並んだテーブルには純白のクロスが敷かれ、その上に並べられた料理やドリンクがホールの最奥《さいおう》まで続いていた。

これだけあるのにほとんど手を付けないのか——庶民の玲にはにわかに理解できないもったいなさである。

「ほら、あんまりキョロキョロしないの。場慣れしてないのがバレちゃうわよ」

薫子はやんわりと玲を注意すると手近なテーブルからグラスを取り、オレンジジュースを注ぐと二人に手渡した。

「あのあの！　わたしはこれからどうしたらいいですか？」

この場の雰囲気に呑まれそうになる自分を奮い立たせた玲が尋ねる。

「そんなに気張らないの。ここは人間関係を育む場所なんだから……っと、言っているうちにほら」

三人に近づいてきたのは二十代前半の女性だった。彼女も玲たちに負けず劣らず着飾っていた。

「薫子さん、お久しぶり」

「秋月《あきづき》のお姉様、ご無沙汰してます」

「一年ぶりかしら」

「はい。お変わりないようでなによりです」

薫子はいつもの快活な振る舞いのまま、しかし普段とは違う気品を感じさせた。こなした場数の違いを物語る所作だった。

「そちらの方々は薫子さんのご学友かしら？　初めまして、秋月です」

「はい。姉の二条咲耶《にじょうさくや》さんと、妹の玲さんです」

薫子からの紹介を受けた二人が軽く会釈《えしゃく》した。

咲耶は落ち着いた様子でゆっくりと、玲は少し慌てながら素早く。

咲耶はそれだけで済ませたのだが、玲はそこから一歩踏み込んだ。

「に、二条玲と申します！　以後、お見知りおきをっ！」

緊張しながらも挨拶を続けた。

「うふふっ、初々《ういうい》しいわね。こういう場所は初めてかしら？」

「そ、そうなのです……。いろんなことが初めてで戸惑ってしまって……」

「あらあら、昔の自分を見ているみたいだわ。わたしも最初は右も左も分からなかったもの」

「そうなのですか？」

「ええ、最初の頃は……」

それから二人は他愛ない昔話に花を咲かせた。玲が言葉に迷って口ごもっても、薫子や咲耶がさりげなく会話をつないでフォローする。

初対面とは思えないほどつつがなく談笑していた。

そんな様子を、ギャルソン姿の玄次郎も見守っていた。

そつなく給仕をこなしながら、横目で玲の様子を窺《うかが》う。

彼女が気後れすることなく会話できているのを確認して胸をなで下ろした。

俺がいなくても大丈夫だったかもしれないな——そんな楽観的な考えさえ抱いてしまっ

た。

「そこのバイト、突っ立ってないで早く厨房《ちゅうぼう》からドリンクを運んでこい」

ちょっと親心が過ぎたか、リーダーに咎《とが》められてしまった。

「失礼しました。すぐに」

玄次郎は素直に従うと厨房に急いだ。

「いけない、話に夢中になってしまったわ。ごめんなさいね、お時間を取っちゃって」

「い、いいえ！　その、あの……楽しかったです！」

「こちらこそ。では失礼しますね、二条さん」

女性が会釈して立ち去ると、玲はホッと胸をなで下ろした。

「わ、わたし、ちゃんとできていたでしょうか？」

「上出来よ」

薫子《かおるこ》がウインクする隣で咲耶も大きく頷《うなず》いた。

「こういう場所が初めてとは思えないくらい。思い切りもいいし、話のキャッチボールもちゃんとできてる。秋月のお姉様、たぶん玲さんのこと覚えたよ」

「よく頑張りましたね、玲」

お褒めの言葉をもらって玲も緊張の糸が解《ほど》けた。

「とりあえず大丈夫そうだから、ちょっと席を外すね。あたしも一応、霧山の娘ってことで来てるわけだし」

挨拶回りはしておかないとね――薫子はやれやれと肩をすくめながら立ち去った。

「雑賀《さいか》先輩、どこかで見ていてくれたかな？」

「あの方のことです。きっと見守ってくれていますよ」

「えへへ……そうだといいなぁ……」

にへらと微笑《ほほえ》みながら玲が照れる。たとえ姿が見えなくても、玄次郎《げんじろう》が応援してくれていると思うだけで勇気がわいてきた。

（わたしは変われるんだ……。残念な子から卒業できるんだ……）

中学と同じように灰色で過ぎ去るはずだった高校生活が、今は眩《まぶ》しいくらいに色鮮やかに見えていた。

そんな希望に玲が浸っていた時だった。ホールの照明が落とされ、奥に設置されたステージにスポットライトが当てられた。

どうやら開会の挨拶が始まるようだった。招待客の誰かが壇上でスピーチしている。

どこかで見たことある人だな、と思っていた玲は、それが知事だとようやく気付いた。

（うわ！　テレビでしか見たことないよ……）

改めて自分のいる場所がこれまでの日常とは違う舞台なのだと思い知った。

そうしてしばらく大人しくしていた玲は、不意に甘い匂いに鼻をくすぐられた。

その先を視線で追っていくと、テーブルの上にこれでもかと盛られた豪勢な料理の数々に行き着いた。

さっきまでお嬢様らしく振る舞おうという一心だったため気付いていなかった。

（ケーキがいっぱいだぁ……。じゅる）

緊張の糸が解けたせいか、玲は急にお腹《なか》が減ってきた。もう時刻は午後七時になろうとしていた。普段なら夕飯の時間である。

イチゴのショートケーキ、ティラミス、ワッフル、アイスクリームなどなど。目移りを止められない玲の視線が右往左往する。

こんなにたくさんあるのに手を付けない人が多いんだ——玲は薫子の話を思い出した。

そうなると、どうしても庶民感覚の抜けない彼女は考えてしまう。

たくさん食べても怒られないよね、と。

お腹いっぱいに甘味を頬張るというのは玲の小さな憧れだった。とはいえ、母の苦労を思えばそんなワガママを言えるはずもなく、今の今までただの夢に過ぎなかった。

しかし、まさに夢に見た光景が無防備にも目の前に広がっているのだ。

これに抗《あらが》える玲ではなかった。

そろりと咲耶《さくや》のそばを離れ、なんとなく周囲の視線をかいくぐるようにして、目的の甘味のところへやってくる。

（い……いただきます！）

一口サイズのワッフルをつまんで口に放り込む。途端に幸せな甘さが舌の上で躍り出した。

（うぅ……美味《おい》しいよぉ……）

感動のままに二つ目に手を伸ばす——と、そこで急にホールに照明が戻った。知事の挨拶が終わったのだ。

玲は反射的に口の中のものを飲み込んだ。みんなが話を傾聴している中で自分だけデザートをつまみ食いするというのは、やはり恥ずかしかった。

「あ、あれ……？」

咲耶のところに戻ろうとした玲は、しかし彼女を見つけられなかった。

参加者が思い思いに移動を始めたせいで、自分が元々どこに立っていたのかを思い出せなくなっていた。

「お姉ちゃん、背が高いから見つけやすいはずなんだけど……」

あたりを見渡すがそれらしい背格好の人がいない。

はぐれちゃった──小さな不安がチクリと胸を刺す。自分が独りぼっちに戻ってしまった感覚がかすかに蘇《よみがえ》る。

早く捜さなきゃ──そんな焦《あせ》りから逃げようとした時だった。

玲《あきら》の前に一人の男性が現れた。

「失礼。先ほど霧山《きりやま》家のご令嬢とご一緒でしたよね？」

高そうなスーツでビシッと決めた青年だった。歳《とし》は二十歳をいくらか越えたくらい。

背が高く笑顔を絶やさず、いかにも紳士という出《い》で立《た》ちだった。

でもなぜか玲は、彼の微笑みの先に優しさを見つけられなかった。

「ご学友ですか？　ずいぶんとご令嬢と親しそうに見えました」

「えっと……」

「確かご令嬢はこういった場に出てくるのが苦手だったと記憶していましてね。どういった心変わりがあったのかなと思いまして」

「あの……お父さんが来られなくなったから代わりに……って、言っていました」

「なるほど。そうなると現当主はここにはいないのか……」

小さく舌打ちが聞こえた。思わず玲が身体《からだ》を硬直させる。

（この人……恐《こわ》い……）

言葉遣いこそ丁寧だが、目の前の青年からはギラギラしたものが感じられた。

人脈を広げたりビジネスの種を見つけたりするためのパーティー――薫子の言葉を思い出した。

この人はパーティーを楽しむとか、誰かと仲良くなるとかじゃなくて、完全に仕事と割り切っているのだと玲は理解した。

霧山の家と接点を持ちたくてこのパーティーに参加して、そこに薫子の姿を見つけて接触したくて、だから一緒にいた自分に声をかけた――玲には分かってしまった。

「いろいろ話ができると思ったんですがね……ご令嬢が相手じゃそうもいかないか」

仕事にならないと判断したのか、青年の口調がだんだんと砕けてくる。

好青年を演じていた仮面の下から、本当の顔が垣間《かいま》見《み》えようとしていた。

「さてと……どうしたものか……」

乱暴にため息をもらした青年の視線が、何気なく玲に向いた。

大人しそうで気が弱そうで、こういうパーティーに慣れているようには見えない女の子――そして霧山家のご令嬢と親しい仲である。

青年の口元が邪《よこしま》な笑みを浮かべる——玲はそれに気付いた。

「よろしければ少しお話ししませんか？　こうして出会ったのもなにかの縁です」

再び丁寧な言葉遣いに戻った青年がにっこりと微笑む。

それだけならば温和な好青年であるが、玲を見つめる眼差《まなざ》しは生温かい。

親睦を深めるなんてのは口先だけだ——玲は看破した。

「あ、あの！　わたし、もう行くので……」

「そうおっしゃらずに。年の若い者同士、話も合うと思いますよ」

「け、結構ですっ！」

玲は勇気を振り絞って回れ右した。

一刻も早くここから立ち去りたい。薫子や咲耶のところへ戻りたい。

その一心で踏み出そうとした彼女は、しかし執拗《しつよう》な青年によって引き留められてしまった。

「まあまあ、そう言わずに」

ニタリ——そんな音が聞こえてきそうな笑顔がそこにあった。

（恐い恐い恐い……っ！）

玲は身がすくんで動けなくなった。

やっぱり来るんじゃなかった——そんな後悔がこみ上げてくる。

（こんなことなら……）

「失礼。その手をどけてください」

――・――・――・――・――・――・――・――・――

ホールに照明が戻った時、玄次郎は壁際《かべぎわ》に控えていた。

使用済みのグラスの回収を始め、厨房へと戻ろうとしたところで玲を見つけた。

彼女はどこかの青年と話しているようだった。

最初はそれだけにしか見えなかったが、やがて変化があった。

青年から逃げるように玲が後ずさりし、それを追いかけるように青年がにじり寄る。

普通ではないことはすぐに分かった。

割って入るべきか、否《いな》か——玄次郎は悩んだ。

今の立場はただの会場スタッフだ。それに対して青年は正式な招待客——つまり相応の立場の人間である。

もめ事を起こすのは得策ではない。自分をここに送り込む手助けをしてくれた薫子《かおるこ》にも迷惑をかけてしまう。

だから玲が自分で逃げ出すよう祈っていた——その時、青年が彼女の腕をつかむのが見えた。

そして、玲の怯《おび》える表情を見てしまった。

こんなことなら来なければよかった——自分の決断を後悔しているような悲しみがにじみ出ていた。

次の瞬間、玄次郎は考える前に動いてしまっていた。

—・—・—・—・—・—・—・—・—

「嫌がる女性に手を出すのは褒められたものではありません」

青年の手を玲の腕から引きはがして玄次郎が忠告した。

最初は驚いていた青年だったが、相手が自分より年下のスタッフだと分かると一転して不機嫌をあらわにした。

「おまえには関係ないだろう。スタッフ風情《ふぜい》が余計な口を出すな」

「俺が誰であろうとあなたが誰であろうと、見過ごすわけにはいかない」

「格好つけてヒーロー気取りか？」

客とスタッフが揉《も》めていると勘づいた周囲がざわめき始める。

玄次郎《げんじろう》は玲を背中に庇《かば》いながら青年と対峙《たいじ》する。

見下すような視線を真正面から受け止め、それでも一歩も退かない。

その態度が気にくわない青年はますます表情をゆがめる。

「ガキが……」

青年が腕を振り上げる。

玲が反射的に目をつむる。

それでも玄次郎はひたすらに青年の目を見据え続けた。

「なにをやっているか！」

その時だった。一人の男性が声を上げながら割り込んできた。

「なんでもねぇよ親父《おやじ》。生意気なスタッフがいたから説教してただけだ」

「愚か者が……。場所をわきまえろ。このような場で騒動を起こすなどもってのほかだ」

男性は青年を引きはがすと玄次郎と相対した。

「息子が失礼をした。若輩者ゆえ、許していただきたい」

そう詫《わ》びて深々と頭を下げる。

そして立ち去ろうとして――玄次郎の顔を見て足を止めた。

「君は……。いや、あなたは……っ⁉」

みるみるうちに男性の顔が驚愕《きょうがく》に染まっていく。

玄次郎の方も男性の顔に見覚えがあった。

「これは……。ご無沙汰してます、観音寺《かんのんじ》さん」

「やはりそうだ！　雑賀《さいか》の玄次郎さんじゃないか！」

雑賀玄次郎――その名前が響き渡るとにわかにざわめきが大きくなった。

この場に招待されるような人は当然、政財界に精通している。雑賀グループのトップである雑賀治五郎《じごろう》が引責辞任したというのも知っていた。

そして彼らは玄次郎の名前と顔もまた把握していた。

できるだけ多くの人に自分を知ってほしい――それを一番に考えてきた玄次郎は父の仕事を見守る傍《かたわ》ら、その仕事相手とも交流を持っていた。

目の前の男性もまた、そういった中で知り合った相手だった。

「なぜ玄次郎さんがホールのスタッフを……？」

「それは……いろいろと事情がありまして」

簡単に説明できない玄次郎が言葉に窮していると、さっきの青年が息を吹き返してきた。

「雑賀ってあの雑賀か？　下手こいてトップが辞任したっていう！　聞いてるぜ、親父が資産を売っぱらっちまったってな！」

俄然《がぜん》、言葉が乱暴になる。

ただのスタッフではなく、没落した雑賀家の子供と分かったのだ。今まで以上に軽蔑と嘲りの満ちた眼差しが玄次郎に突き刺さる。

「貧乏人がせこせこバイトしてたってわけか！　おいおい大変だなぁ！」

バカにしながら玄次郎ににじり寄る――が、その歩みを男性が制した。

「……貴様は黙っていろ」

「なんだよ親父。この貧乏人になにを……」

「いいから黙っておれっ！」

あたりがシンッとするほどの声が響き渡った。

「今のわたしがあるのは雑賀さんのおかげだ！　事業が行き詰まっていた苦しい時に、銀行からも見切りを付けられた時に……支援をしてくれたのが雑賀さんだ！」

「それはこいつの親父だろ？　こいつがなにをしたってわけじゃ……」

「治五郎さんにわたしを援助するよう、口添えしてくれたのが玄次郎さんだ！」

その一言に青年は表情を凍らせた。

「もう二年ほど前になりますか……。まだ玄次郎さんは中学生でいらっしゃった。あの時、玄次郎さんが口添えをしてくださらなければ治五郎さんは動いてくれたかどうか……」

「きっと動いたでしょう。観音寺さんは信頼するに値するお方です。俺なんかが分かっていたくらいですから、きっと親父も同じです」

玄次郎は特別なことをしたわけではなかった。

雑賀の屋敷を観音寺が訪れ、そこで治五郎に支援を頼んでいるのを垣間見ただけだ。そこで自らの理想と責任を熱弁する観音寺に玄次郎は聞き入った。きれい事でも誇大妄想でもない、実直に目の前の課題と打開策について語っていた。

この人は信頼に値する人だ――玄次郎は確信した。

だから父にそれとなく自分の考えを伝えた。それだけである。

「こんな……ガキが……？」

まさか自分の親の窮地を救ってくれたとは思いもよらず青年がたじろぐ。

男性は息子の様子を気にかけもせず、玄次郎に再び頭を下げた。

「数々の非礼をお詫びさせていただきたい……本当に申し訳ない」

「お気になさらず。もう俺はただの庶民ですので」

「そういうわけにはいきません。今はどちらにいらっしゃるのですか？　是非とも我が観音寺にて恩返しさせていただきたい。あなたはまさしく命の恩人だ。治五郎さんに返しきれなかった恩を、せめてあなたにお返ししたい」

相応の待遇で迎えたいと観音寺が言った。雑賀グループ御曹司であった頃には至らなくても、せめてなに不自由なく暮らせるよう援助をさせてほしいと。

「……ありがとうございます」

この人は本気で自分を支援しようとしてくれている。社交辞令ではなく、本当に恩返しをしてくれようとしている。

無一文に転落した人生をやり直すための大きな力になってくれるだろう。

だから玄次郎は素直に礼を述べた。ただの一般人になってしまった自分をここまで遇してくれることに心の底から感謝した。

「では！」

「ですが、ご遠慮します」

玄次郎は丁寧に、しかしきっぱりと断った。

「すでに日々の暮らしに苦労はしていない、と？」

「まさか。毎日が大忙しです。炊事に洗濯に掃除に庭の手入れ……やるべきことはたんとあります」

「玄次郎さんがそんなことを……。ではなぜ？　わたしにお任せいただければ決して不自由は……」

「やりたいことができたんです」

玄次郎が背後を振り返った。

熱に浮かされたように赤い顔の玲《あきら》と目が合った。

「とある少女がいるんです。その子が進む未来を近くで見守りたい。その子が描く夢を実現させてあげたい。そんな……大切な人ができたんです」

玄次郎がそっと微笑《ほほえ》む。

その微笑みの先に玲は温かな優しさを見つけた気がした。

「…………分かりました」

観音寺はもうそれ以上、食い下がることはしなかった。

玄次郎がそうと決めたなら、もう自分が無理強いすることではないと身を退いた。

「玄次郎さんのこれからを応援させてください。そしてもし、本当に困ったことがあったらすぐにご連絡ください。必ずお力添えします」

「ええ、その時は甘えさせてもらいます」

そんな社交辞令っぽいことを、お互いに本心から語らうのだった。

―・―・―・―・―・―・―・―・―

「大丈夫だったか？」

事態がひと段落したところで玄次郎が気遣った。

毅然《きぜん》とした態度で狼藉《ろうぜき》者を追い返し、物怖《ものお》じしない振る舞いで大人と対等に渡り合っていた面影はもうない。

そこにいたのは玲が最初に出会った時の雑賀玄次郎という少年の姿と同じ――入学式の日に彼女に声をかけた時と同じ、優しさと自信にあふれた先輩の姿だった。

「せんぱい……わたし……」

玲はこみ上げてくる想《おも》いを言葉にできなかった。

なに不自由ない暮らしがすぐそこにあったのに、それに首を振ってくれた。

応援したいからと一緒にいることを選んでくれた。

大切な人ができた――その一言が彼女の心の中で渦巻いて、反響して、どうしても鼓動が落ち着いてくれなかった。

どうやって感謝すればいいだろう。どうやってそれを彼に伝えたらいいだろう。

考えはまとまらず、彼の優しい瞳に見つめられて胸の内側は温かいものであふれるばかりだった。

それでも伝えなきゃ、言わなきゃ――その一心で想いを紡《つむ》ぐ。

彼が一番望んでいる言葉を。自分が一番に願っている夢を。

「わたし……絶対に立派なお嬢様になります！」

お嬢様(じつは庶民)、俺の家に転がり込む

玲
×
玄次郎

パーティーはどうだった？　変なトラブルに巻き込まれてしまったが、楽しむことはできたか？

あっ、先輩……。えっと……
いろいろと勉強になりました

それはなにより。お嬢様への一歩だな

それで……ですね、先輩……。
あの、その……

どうした？　そんなに顔を赤くして。
緊張して熱が出たか？

……はい。すっごくぽかぽかしてます。
顔も、身体も……心も

それはどういう……

き、聞かないでくださいっ！

終章・前言撤回、宣戦布告

「災難だったわね」

パーティーからの帰りの車の中で薫子《かおるこ》が言った。

「観音寺《かんのんじ》の御曹司ってあの人でしょ？　父さんから話は聞いたことがあるわ。実直な父親と違って権威に振り回されやすい……だったかしら」

「申し訳ありません、玲。もっと早くにわたくしが助けに入っていれば……」

「仕方ないよ。お姉ちゃん、目立っちゃうから。アラムの子が来てるって知られちゃったら、それこそ大騒ぎだよ」

立場上、参加者とスタッフのいざこざに軽々しく介入できない薫子と咲耶《さくや》である。

玲のピンチを知りつつも見守るしかなく、やきもきしているところに突っ込んでいったのが玄次郎《げんじろう》だった。

「それはそうと……玄次郎も律儀《りちぎ》よねぇ」

「うん」

「まったくです」

三人がウンウンと頷《うなず》く。玄次郎その人はここにはいなかった。

パーティーの後片付けも仕事だから――そう言って会場に残ったのだ。

あんなことがあったのだから早く帰りたいだろうに、それでも自らに与えられた責任をまっとうしようとする姿に素直に感心してしまった。

「でも……そういうところが雑賀《さいか》先輩らしいです」

「まあね。あいつが途中で投げ出すわけないし」

「玄次郎さまには改めてお礼を申し上げなければなりません。玲を救ってくれたこと、そして……玲を選んでくれたこと」

「うん……そうだね！」

車はもと来た道を引き返し、雑賀の屋敷へと玲たちを送り届けた。

「今日はお疲れ様。ゆっくり休んで」

玲と咲耶を車から降ろし、薫子が別れの挨拶をする。

「お世話になりました。薫子さまもどうぞご自愛ください」

咲耶が深々と腰を折る。その隣で玲も同じようにお辞儀をした。

「それじゃ、また月曜日に学校で」

そう言い残して薫子が車窓から顔を引っ込める。

「……………あ、あの！」

その時、不意に玲が声を上げた。

車を発進させようとしていた薫子が、何事かと再び窓から顔を出す。

「き、霧山《きりやま》先輩にお伝えしたいことがっ！」

「あたしに？　なにかしら」

どこか緊張した面持ちの玲を不思議に思った薫子が、車から降りて玲のところへやってきた。

「え、えっとですね……」

どこか遠慮したような玲に薫子は首を傾《かし》げる。

改まってここで伝えなきゃいけないことなんてあるだろうか――そんな疑問を抱いていた薫子は、しかし玲の瞳を見て息を呑《の》んだ。

それは今までの彼女が見せてこなかった瞳だった。

自分と一緒の時も、咲耶と一緒の時も、もちろん玄次郎が一緒にいる時にも。

彼女は一度としてそのような目をしたことはなかった。

ゆえに薫子は理解してしまった。
目の前の少女が――濡《ぬ》れた瞳の少女がなにを言おうとしているのか。

――・――・――・――・――・――・――・――・――


「なかなか疲れた……やはり働くというのは大変だ」

ホテルでの後片付けの仕事を終えた玄次郎は屋敷の最寄り駅まで電車で移動し、そこから歩いて帰宅していた。

すでに時刻は夜中の十一時になろうとしていた。周囲は静まりかえってひんやりしていて、街灯だけが煌々《こうこう》と地面を照らしていた。

「二人はもう眠っただろうか……」

帰りが遅くなるから先に休んでいてほしいとは伝えてあった。

特に玲はいろいろ緊張しただろうし、恐《こわ》い経験もしたのだ。ひょっとしたら自分以上に疲れているかもしれない。

無理をせず眠っていてほしいと思う玄次郎だったが――

「……まあ、そうなるか」

帰り着いた屋敷にはしっかりと明かりが灯《とも》っていた。

仕方ないなと首を振りつつ、しかし気付かないうちに口元がほころんでいた。

居場所を与えてくれた人たちが待ってくれている——それがどうにも嬉《うれ》しかった。

やはりここが自分のいるべき場所だ。ここに自分のやるべきことがあるのだ。

そんな想いをよりいっそう強く持ちながら、玄次郎はインターフォンを鳴らした。

玄関の鍵をポケットの中で握りしめながら。

直後、屋敷の中から足音が近づいてきた。

彼女がバタバタと慌てた様子で扉の向こうにやってきて、あたふたとスリッパを履いて、
扉に駆け寄って——そんな光景が見えるようだった。

そして勢いよく扉が開かれた。

「お帰りなさい、先輩！」


——・——・——・——・——・——・——・——・——


「霧山先輩……わたし、前言撤回します」

「……どういうことかしら？」

「雑賀先輩のことを好きだって言いました。それを……撤回します」

「つまり……嫌いということ？」

「いいえ……逆です」

「……………」

「わたし、雑賀先輩が……好きです」

「はぁ……普通なら意味不明に聞こえるんでしょうけど、分かっちゃうんだから困ったものよね」

「雑賀先輩にはずっと憧れてました。目標でした。だから好きでした。でも……」

「そういう意味じゃなくなった、ということね？」

「はい……。わたし、先輩に振り向いてもらいたいです。先輩の……本当に大切な人になりたいです！」

了

あとがき

初めまして。ごきげんよう。ご無沙汰してます。八奈川《やながわ》です。

本作を手に取っていただきありがとうございます。ファンタジア文庫では久しぶりのご挨拶となります。

こいつ誰だったっけと忘れられていやしないかと思いつつ、不安に震える手で筆を執っております。

ここしばらくはゲームシナリオの依頼をいただいたり、人気マンガのノベライズを担当させてもらったりしていました。初めて関わる分野ではいろいろと苦労もしましたし、新鮮な経験もできました。

その中でしみじみ感じたことが一つあります。

世の中には自分の知らない名作、傑作がいくらでもあふれているということです。自分が普段の生活の中で目にしているのはそのほんの一部でしかなくて、探せばいくらでも発見はあるようです。

世の中の流行やトレンドをチェックしようと心がけてはいましたが、全然不十分だったと思い知った次第です。

その反省の一環として、最近はよく映画館に行くようにしています。チェックしていた作品を見ることもありますが、適当な時間に映画館に行って、その時に上映開始が近い作品を見るという無茶なことをやっています。

もちろん事前情報も予備知識もなく、初見の作品なので最初はちんぷんかんぷんなことが多いです。それでもいろんなところで気付かされることもありますし、面白い表現テクニックに遭遇することもあって楽しんでいます。

わたしがリピーターになった作品はむしろそうして出会った初見のものだったかもしれません。約束と愛と賞味期限の大切さはこうやって教えてもらいました。

さて、本作の構想にたどり着いたいきさつについて少し触れましょう。

最初は『ごく普通の少女が立派なお嬢様に成長する物語』というところからスタートしました。

しかし一歩ずつ成長していくというのはテンポが悪い気がしました。

それならばということで、強制的に肩書きだけが最上級のお嬢様になってしまったヒロインの玲《あきら》が、肩書きにふさわしい人物になるために全力疾走するという流れにしました。

そうなってくると相手の主人公はどうするべきかと考えて、ヒロインとは真逆の設定の、強制的に肩書きが庶民になってしまった元御曹司として玄次郎《げんじろう》が誕生しました。

普段ですと主人公よりもヒロインを描いている時の方が楽しいのですが、今回は主人公を描いている時の方が楽しかったまでであります。

読者の皆様に気に入っていただければ幸いです。


それでは各方面への御礼《おれい》にて締めさせていただきます。

イラストを担当いただいたさまてる先生。お嬢様なのに庶民という真逆の要素が詰まったヒロインでしたが、見事に両立できるようなデザインをありがとうございます。パッと見はお嬢様っぽいのに、どことなく芋っぽい感じがにじみ出ていて、脳内のイメージがそのまま形になったみたいでした。絵心がゼロの自分には、その想像力がただただ羨ましくて仕方ありません。

そして担当氏。初稿から別作品になるくらいの大幅改稿となって本作の形となりましたが、あの時に大胆な改稿を提案してもらったおかげで今作ができあがりました。

最後に読者の皆様。繰り返し、本作を手にとっていただきありがとうございました。これから始まる玲のお嬢様修行、そして庶民に転落した玄次郎がどうなっていくのか、ご期待いただければ身に余る光栄です。

八奈川　景晶《けいしょう》

富士見ファンタジア文庫

お嬢様《じょうさま》(じつは庶民《しょみん》)、俺《おれ》の家《いえ》に転《ころ》がり込《こ》む

令和５年６月20日　初版発行

著者——八奈川景晶《やながわけいしょう》

発行者——山下直久
発　行——株式会社KADOKAWA
〒102-8177
東京都千代田区富士見2-13-3
0570-002-301（ナビダイヤル）
印刷所——株式会社暁印刷
製本所——本間製本株式会社

ISBN978-4-04-074950-1 C0193 ◇◇◇

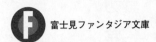

じつは義妹《いもうと》でした。

~最近できた義理の弟の距離感がやたら近いわけ~

勘違いから始まる兄妹いちゃラブコメ!

親の再婚で、俺の家族になった晶。美少年だけど人見知りな晶のために、いつも一緒に遊んであげたら、めちゃくちゃ懐かれてしまい!? 「兄貴、僕のこと好き?」そして、彼女が『妹』だとわかったとき……「兄妹」から「恋人」を目指す、晶のアプローチが始まる!?

白井ムク
イラスト:千種みのり

ファンタジア文庫

僕、兄貴のこと
すっごく好きだよ！
シリーズ
重版続々
大ヒット
発売中‼

切り拓け！キミだけの王道
ファンタジア大賞
原稿募集中！
賞金
《大賞》300万円
《金賞》50万円
《銀賞》30万円
選考委員
細音啓 「キミと僕の最後の戦場、あるいは世界が始まる聖戦」
橘公司 「デート・ア・ライブ」
羊太郎 「ロクでなし魔術講師と禁忌教典《アカシックレコード》」
ファンタジア文庫編集長
前期締切 8月末日
後期締切 2月末日
公式サイトはこちら！ https://www.fantasiataisho.com/
イラスト／つなこ 猫鍋蒼 三嶋くろね